AF308449

Elfi Sinn

Sophie und die Krimifrauen

vom alten Bahnhof -2-

Cosy-Crime-Geschichten

Bibliografische Information der Deutschen Nationalbibliothek:
Die Deutsche Nationalbibliothek verzeichnet diese Publikation in
der Deutschen Nationalbibliografie; detailierte bibliografische Da-
ten sind im Internet unter http://dnb.dnb.de abrufbar.

Herstellung und Verlag:
BoD – Books on Demand Norderstedt
Titelbild: Gabriele Barby
ISBN:9 783 753 477 831

Inhaltsverzeichnis

Die Katzen-Mafia

„Himmlisch!"

Sophie Graf-Brunner lehnte sich in ihrer Hollywoodschaukel zurück und genoss den vermutlich letzten goldenen Herbsttag im Oktober. Die Sonne schien ihr noch warm ins Gesicht und wenn sie ein Auge vorsichtig öffnete, nahm sie die Farbenpracht der Bäume in Oma Lauras Garten wahr, die rot, grün und golden leuchteten. Aber sie öffnete die Augen nur ungern, denn sie war müde, dauermüde. Eigentlich konnte sie sich gar nicht mehr so genau erinnern, wann sie jemals nicht müde gewesen wäre, seit der Geburt der Zwillinge Anfang September.

Sophie war gerne Mutter und sie hatte sich diese Zwillinge auch gewünscht, aber wie das bei Wünschen oft war, wurde man selten auf alle Konsequenzen vorbereitet.

Normalerweise waren Leon und Laurie pflegeleichte und wirklich liebe Kinder, aber manchmal waren sie auch eigensinnig und derartig fordernd, dass sie mehr Verständnis für alle jungen Mütter aufbrachte, die ihre Kinder zur Adoption freigaben.

Das dachte sie allerding höchstens zwei Minuten lang. Denn meistens waren die beiden danach wieder so putzig und klug, dass man ihr eine Million hätte bieten können, sie hätte ihre Babies für kein Geld der Welt hergegeben. Die beiden waren sich sehr zugetan, obwohl sie keine eineiigen Zwillinge waren. Das sah man auch.

Leon hatte seine schwarzen Löckchen sicher von Sophies Familie, während Lauries rotblonde Haare eher nach ihrer Tante Chrissie aussahen, die Sophies beste Freundin und als Schwester ihres Ehemanns Felix, jetzt auch ihre Schwägerin war.

Die Haarfarbe hatte keiner der beiden von ihrem Vater geerbt, aber sicher viele andere gute Anlagen, hoffte Sophie. Denn dass ihr Mann nicht nur liebenswert war, sondern auch gut aussehend, klug, fürsorglich und noch einiges mehr, davon war sie auch fast ein Jahr nach ihrer Hochzeit noch immer felsenfest überzeugt.

Diese Liebe hatte sie durch schwierige Phasen getragen, hatte sie die Schwangerschaft und auch die Geburt gut überstehen lassen, obwohl sie fast bis zur Geburt noch gearbeitet hatte.

Danach war es auch nicht leicht gewesen, plötzlich mit zwei Babies klarzukommen, aber Oma Laura war wie immer eine große Hilfe.

Sanft schaukelte Sophie weiter. Laurie und Leon waren ruhig und schliefen friedlich. Hoffentlich noch lange!

Sophie genoss die Zeit, die sie mit ihren Kindern verbringen konnte wirklich, nur manchmal, wenn Oma Laura wie heute zu den Krimifrauen ins *Café Schokohimmel* im alten Bahnhof ging, erinnerte sie sich doch ein wenig wehmütig an die Zeit, als ihr Leben noch voller Spannung und Action war.

Dennoch erschien es ihr ganz wichtig, gerade in der ersten Zeit nur für die Kinder da zu sein und als Privatdetektivin zu pausieren.

Aber wenn Felix erst seine Elternzeit antreten würde, dann würde es garantiert weitergehen! Unruhig sah sie auf die Uhr, Oma Laura hätte doch schon längst zurück sein müssen. Hoffentlich war nichts passiert?

Komisch, überlegte sie, früher hätte ich an so etwas überhaupt nicht gedacht, aber seit ich Mutter bin, ist wirklich vieles anders. Wahrscheinlich haben die Krimifrauen nur über einem ihrer geliebten Cosy-Crime-Romane die Zeit vergessen. Oder sie lauern schon auf eine neue Herausforderung?

Lächelnd erinnerte sich Sophie daran, wie oft ihr die Frauen eine große Hilfe bei der Lösung ihrer Fälle waren. Vielleicht gab es ja wirklich etwas Neues?

Es wäre schön, mal wieder über etwas zu reden, das nicht mit Windelhöschen und Möhrenbrei zu tun hatte. Sie schaukelte weiter und genoss die ungewohnte Ruhe, bis Oma Laura in ihrem neuen graublauen Herbstkostüm zum Tor hereinstürmte.

„Sophie-Schatz, wir haben einen neuen Fall!"

Sophie schreckte auf und hielt mahnend den Zeigefinger an die Lippen. „Vorsicht! Ich glaube sie hören alles mit!"

Laura strahlte und ließ sich neben Sophie auf die Schaukel sinken. Mit Blick auf die schlafenden Babies flüsterte sie nur noch.

„Sie sind so süß! Und heute in gelb und grün, das ist wirklich sehr schick. Aber wir haben tatsächlich einen neuen Fall. Christianes Katze ist seit heute früh, verschwunden, entführt, gestohlen oder Schlimmeres."

Sophie blinzelte noch immer in die Sonne, das schien ihr die Aufregung nicht wert. „Ich wusste gar nicht, dass Christiane eine Katze hat."

„Das wussten wir alle nicht", erklärte Laura. „Sie hat sie erst vor kurzem von einer Tante übernommen, die ins Pflegeheim musste. Christiane sagt, sie habe diese Katze schon immer geliebt und sich gefreut, als sie sie endlich hatte. Heute Morgen saß sie noch auf dem Fensterbrett und plötzlich war sie verschwunden. Das Tier ist etwas ganz Besonderes, eine Rassekatze, eine Siam."

„Oh", staunte Sophie. „So eine Katze kostet zwischen 500 und 700 Euro. Das kann schon Begehrlichkeiten wecken. Aber vielleicht ist sie auch einfach weggelaufen, um nach Hause zu kommen, wie Lassie."

„Das machen Katzen nicht", erklärte Laura ganz entschieden.

„Ich dachte eher, sie würde sich einsam fühlen und einen Gefährten brauchen, so wie Koko und Yum Yum".

Als Sophie sie nur verständnislos ansah, ergänzte sie. „Das sind zwei Siamkatzen in den Katzenkrimis von Lilian Jackson Braun. Aber Christiane sagt, ihre Kira sei immer alleine gewesen, eine Prinzessin eben."

„Also wenn sich jemand mit dem Diebstahl von solchen wertvollen Tieren befasst, dann muss es eine ganze Gruppe sein. Für einen einzelnen würde sich das nicht lohnen", überlegte Sophie. „Dazu braucht man Fachkenntnisse, Kontakte, Unterbringungs- und

Transportmöglichkeiten und natürlich auch Informationen darüber, wer solche Tiere besitzt."

„Du meinst, es könnte eine richtige Katzen-Mafia sein? Da sollten wir unbedingt etwas tun. Wir haben Christiane schon geholfen, möglichst viele Handzettel und Plakate zu verteilen, aber das reicht ja nicht. Kira ist wirklich ein schönes Tier."

Das fand auch Sophie, als sie auf dem Handzettel in die strahlend blauen Augen der Katze sah.

„Ich müsste mal ein wenig im Netz recherchieren, das geht aber jetzt leider schlecht." Sie wies auf Leon, der aufgewacht war und das auch alle wissen ließ. Sie nahm ihn hoch, ehe seine Schwester zu einem Duett einstimmen konnte. „Morgen geht es auch nicht, da kommen die *Kleinen Detektive*, um die Babies zu sehen."

Laura lächelte erfreut. „Das passt gut. Die helfen bestimmt mit, wenn sie hören was passiert ist. Außerdem hatten sie ja seit dem Müll-Skandal auch kein Detektiv-Abenteuer mehr."

„Wieso weiß ich davon nichts?"

So langsam hatte Sophie das Gefühl, einiges verpasst zu haben.

„Da lagst du gerade in den Wehen und hattest andere Sorgen", beruhigte sie Oma Laura.

„Das haben die Kids ganz alleine und ziemlich clever gelöst. Damals hatte sich Antonia darüber geärgert, dass jemand seine ausrangierten Möbel einfach in der kleinen Grünanlage bei ihrem Haus abgelegt hatte. Einmal hatte sie schon das Ordnungsamt informiert und die Sachen abholen lassen. Als wieder jemand seinen Müll an der gleichen Stelle entsorgt hat, haben Fritzi und Lissy ihre Hunde angesetzt.

Die haben die Spur dann zum Haus einer Familie Fraschet zurückverfolgt, die Antonia schon lange im Verdacht hatte. Betty hat zufällig ein Foto gemacht, als die Frau auch noch Stühle oben drauf gepackt hat."

„Und das hat Ben dann ins Netz gestellt?" Sophie grinste schon voller Vorfreude.

„Genau. Aber vorher haben sie das Foto auf ein Schild gedruckt und darauf geschrieben *Bitte nicht entsorgen! Diese Möbel gehören der Familie Fraschet, sie werden von ihr auch wieder abgeholt!* Und dieses Foto ging dann viral, wie du immer sagst. Du kannst dir vorstellen, wie sämtliche Nachbarn gelacht und sich gefreut haben, dass endlich mal was gegen diese Umweltschweine unternommen wurde. Als es auch noch in allen Zeitungen veröffentlicht wurde, war der Müll über Nacht verschwunden."

Sophie lachte. „Die Kids werden wirklich immer besser, hoffentlich werden meine zwei auch mal so cool."

Jetzt sah Oma Laura erneut eine Chance für ihr Anliegen und ließ daher auch nicht locker. „Wenn du sie beide gestillt hast, werde ich sie noch ein wenig spazieren fahren. Luisa hilft mir, falls die Kleinen unterwegs anderer Meinung sind. Bis wir zurück sind, könntest du doch ein wenig im Netz nach Katzenräubern fahnden?"

Sophie lachte und nickte, sie kannte ihre Großmutter gut genug und auch ihre Hartnäckigkeit, wenn ihr etwas sehr wichtig erschien.

„Ich mache mir einfach Sorgen, dass wir nicht schnell genug sein könnten. Wenn das wirklich so eine Art Katzen-Mafia ist, dann behalten die doch die Tiere nicht länger als unbedingt nötig, schon gar nicht mehrere Tage."

Sophie nickte verstehend und nachdem Oma Laura den satten Leon auf ihre Schulter gehoben hatte, stillte sie auch die noch schlaftrunkene Laurie.

„Antonia hat erzählt, dass jedes Jahr Hunderte Katzen verschwinden, die meisten für Tierversuche", erzählte Oma Laura weiter.

„Ich dachte ja, so etwas gäbe es gar nicht mehr, weil man doch von einer Katze gar nicht auf den Menschen schließen kann. Aber Antonia hat uns fürchterliche Sachen erzählt, wie diese Versuchskatzen in Pharma-Laboren völlig sinnlos gequält werden. Du weißt, sie war früher Krankenschwester und hat immer noch gute Kontakte. So was lässt mich echt an unseren Gesetzen zweifeln."

Nachdem die Babies satt, zufrieden und frisch gewickelt mit Oma Laura und Luisa unterwegs waren, fuhr Sophie ihren Laptop hoch und begann zu suchen. Sie spürte sofort wie frische Energie durch ihren Körper floss und sie sich voll auf eine ergebnisreiche Suche konzentrierte. Ein wunderbares Gefühl! Auch wenn ihr das, was sie las, ob der Grausamkeiten und der Unverfrorenheit der Händler oft die Sprache verschlug. Sie suchte solange, bis sich das Ganze fast verselbständigte und sie endlich erste Spuren wahrnehmen konnte.

Sie hörte nicht auf, bis Felix von hinten die Arme um sie legte, sie auf die empfindsame Stelle hinter dem Ohr küsste und ihr zuflüsterte. „Haben wir heute sturmfreie Bude?"

Sophie lachte und drehte sich mit ihrem Drehstuhl herum, um ihren Ehemann ausgiebig zu küssen. „Leider nicht. Oma Laura wird gleich zurückkommen. Die Krimifrauen haben einen neuen Fall. Christianes Katze ist verschwunden und nach dem, was ich im Netz gelesen habe, müssen wir sehr schnell handeln oder der Zug ist abgefahren."

Felix fuhr sich durch die Haare. „Dass Katzen verschwinden, habe ich diese Woche schon öfter gehört. Anfangs dachten wir auch, die Katzen wären einfach weggelaufen, manche sind ja sehr eigensinnig, wie gewisse Frauen auch", grinste er, aber Sophie reagierte nicht auf seine Frotzelei, sondern hörte nur konzentriert zu, als er weiter berichtete.

„Zwei Frauen haben einen blauen Transporter gesehen, der langsam durch die Straßen gefahren sein soll. Fabrikat oder Nummernschild haben sie natürlich nicht erkannt, aber hinten an der Tür wäre das Bild eines Affens auf einer Palme. Das dürfte für Diebe eigentlich zu auffällig sein."

„Ich habe eher das Gefühl, dass sich diese Leute sehr sicher fühlen, zu sicher für meine Begriffe. Die agieren derartig unverschämt im

Netz, weil sowieso keiner eingreift. Normalerweise regelt das Tierschutzgesetz den Handel mit Katzen und deren Jungtieren, das heißt, es wären immer Genehmigungen vom Veterinäramt erforderlich. Und genau das bezweifle ich, wenn man die Anzahl der Tiere berücksichtigt, die die beiden Verkäufer anbieten, die ich im Verdacht habe. So viele Tiere können niemals aus eigener Zucht stammen und das alles kann auch keiner genehmigt haben."

Felix hatte inzwischen interessiert den Handzettel mit dem Foto der Siamkatze bewundert. „Sie ist wirklich ein imposanter Anblick, zumal ich sowieso auf blaue Augen stehe."
Sophie boxte ihn wegen der Anspielung an den Oberarm und sah ihn aus ihren blauen Augen strafend an, musste aber dann doch wieder lächeln.
„Die ist ziemlich teuer und lässt sich vermutlich gut verkaufen. Für Tierversuche nehmen sie wahrscheinlich einfache Hauskatzen. Und es ist ihnen völlig egal, wie viele, vor allem Alleinlebende, an ihrer Katze hängen und sie wirklich brauchen."
Felix drehte sich überrascht zu ihr. „Du meinst es gibt immer noch Laborversuche mit Katzen?"
„Leider ja", erwiderte Sophie und zeigte auf ihre Ausdrucke. „Es sind weniger geworden, aber immer noch ca. 500 im Jahr. Das sind aber nur die, die beim Ministerium für Ernährung und Landwirtschaft registriert sind, meist für die Arzneimittelentwicklung, zu

Ausbildungszwecken und für die Grundlagenforschung.“

Felix schüttelte ungläubig den Kopf. „Das ist in meinen Augen abartig, finsterstes Mittelalter. Aber du hast schon zwei Verdächtige?“

Sophie lächelte zufrieden und drehte sich schwungvoll auf ihrem Stuhl. „Ja, zwei bieten enorm viele Tiere an, vor allem auch Rassekatzen, die haben sie niemals selbst aufgezogen. Leider liegen ihre Standorte ziemlich diametral, einer im Norden, einer im Süden, zumindest nach ihrer IP-Adresse.“

Felix grinste anerkennend. „Das hast du bestimmt von Feli gelernt, das könnte ich auch gebrauchen. Das wäre echt cool! Als wir letztes Jahr diesen fiesen Welpenhändler festgenommen haben, hatten wir auch keine Ahnung davon, wo er die Tiere hält. Wir brauchten erst einen Gerichtsbeschluss, um sein Handy orten zu können.“

Auch Oma Laura war erfreut über die ersten Ergebnisse. „Wahrscheinlich müssen wir die Gegend abfahren, vielleicht können auch die Kinder mitmachen. Ich werde sie auf jeden Fall morgen fragen.“

Am nächsten Tag war es trotz gegenteiliger Wettervorhersage, noch einmal sonnig und warm, so dass Sophie die *Kleinen Detektive* im Garten erwartete.

Oma Laura hatte extra einen großen Pflaumenkuchen gebacken, dessen Duft Sophie schon verführerisch in der Nase kitzelte.

Und da die Schwangerschaftspfunde schon weitgehend verschwunden waren, würde sie heute ordentlich zuschlagen können.

Die Babies schliefen friedlich, als die blonde Lissy und die braunhaarige Fritzi mit ihren Hunden als erste der *Kleinen Detektive* eintrafen. Eigentlich handelte es sich bei diesen Kindern um den *Club der kleinen Millionäre*, die sich mit 10 Jahren entschieden hatten, reich zu werden und auch selbst dafür zu sorgen. Deshalb sparten sie eisern und lernten, ihr Geld gut einzuteilen.

Aber ihre erste größere Anlage verdankten sie der Belohnung für das Ergreifen einer jugendlichen Einbrecherbande. Seitdem waren sie auch ab und zu detektivisch unterwegs gewesen. Jetzt mit 12 hatte sie das Krimifieber richtig gepackt und sie freuten sich über jede Gelegenheit, mit Sophie, der Privatdetektivin, oder den Krimifrauen vom alten Bahnhof auf Verbrecherjagd zu gehen.

Zunächst wurden jedoch Laurie und Leon ausgiebig bewundert. Lissy schaute ganz verzück in den Wagen. „Die sind so niedlich! Hoffentlich wecken wir sie nicht auf, wenn wir sprechen."

Als Sophie nur den Kopf schüttelte, erklärte Fritzi. „Sporty kommt auch noch, aber etwas später. Die anderen können nicht, weil es im Gymnasium eine Sonderveranstaltung gibt und Tanja ist ja leider an die Küste gezogen."

Während Fritzi noch sprach, hatte Lissy alle Mühe ihren winzigen Hund Hagrid zurückzuhalten, der am liebsten zu den Babies hineingesprungen wäre. Fritzis Hündin Perla dagegen saß wohlerzogen und brav neben ihr, betrachtete aber alles ganz genau und stupste auffordernd Fritzis Bein, noch ehe Sporty, der größte der *Kleinen Detektive* und Fritzis Bruder mit seinem Rennrad in den Garten herein schoss.

Nachdem er einen ziemlich nachlässig verhüllten Gegenstand aus dem Transportkorb genommen hatte, stürmte er auf die Gruppe zu. „Ich musste erst noch eine Lieferung machen", rief er und schaute dann überrascht auf die Babies. „Die sind aber gewachsen! Gibst du ihnen Wachstumsperlen?"

Sophie lachte nur, sie kannte den besonderen Humor des sportlichen 12-jährigen. Dann enthüllte er den verpackten Gegenstand, der sich als antikes Mobile erwies und reichte ihn Sophie.

„Für die Babies von uns allen! Mein Onkel Mats hat das in einer Wohnung gefunden, Noddy hat es repariert und wir haben es wie wild geputzt. Es ist ganz sauber und hat einen mechanischen Antrieb."

Nachdem er kräftig an der Schnur gezogen hatte, begannen Sonne, Mond und Sterne zu tanzen und dazu erklang die Melodie von „Schlafe, mein Prinzchen, schlaf ein". Schon beim ersten Ton öffnete der kleine Leon die Augen und gluckste vergnügt.

Sporty war begeistert, er beugte sich vorsichtig über ihn und streichelte die Wange. „Das hast du gut erkannt, Kumpel. Hier geht es um dich. Aber jetzt kannst du weiter schnarchen."

Nachdem die Augen des Babies wieder zugefallen waren, sah er die Mädchen überlegen grinsend an. „Ich habe ihn eingeschläfert, das war galaktisch! Also, euren Kurs brauche ich garantiert nicht."

„Von welchem Kurs sprichst du?" Sophie war immer noch in den Anblick des Mobiles versunken.

Lissy lächelte etwas verlegen und reichte ihr einen Gutschein für Babysitting. „Das ist auch ein Geschenk von uns, aber bitte noch nicht einlösen. Wenn wir 13 sind dürfen wir solche Aufgaben schon übernehmen. Aber weil wir nicht so viel über Babies wissen, machen wir einen Kurs. Sporty braucht das nicht, er hat ja seine Kuriere."

Sobald Oma Laura mit dem Pflaumenkuchen erschien, wandte sich das Gespräch wieder der Katze zu.

„Antonia hat uns von Christianes Katze erzählt, ist sie wieder da?" Lissy machte sich schon wieder Sorgen um ihr Hündchen, denn wenn jemand Tiere entführte, dann konnte auch Hagrid in Gefahr sein.

„Nein, leider nicht." Oma Laura schüttelte bedauernd den Kopf.

„Aber wir könnten doch mit suchen", schlug Fritzi vor. „Schließlich haben wir Spürhunde, aber die ganze Stadt können wir nicht schaffen."

„Das wäre wirklich gut." Oma Laura klang erleichtert. „Sophie hat schon im Internet gesucht und herausgefunden, dass es zwei Verdächtige geben könnte. Allerdings geben diese Leute nie ihren

Standort preis und machen ihre Geschäfte irgendwo auf einem Parkplatz.“

„Und wenn wir das mit unseren Rädern abfahren?“

Sophie schüttelte bei Sportys Vorschlag schon gleich den Kopf.

„Das würde alles viel zu lange dauern und wäre auch für euch zu viel. Unsere Angaben sind einfach noch zu ungenau.“

„Ich weiß, wie wir es machen können. Ich gebe mich als Interessentin aus, die eine Siamkatze sucht. Dann kriegen wir sie.“

Während Oma Laura, zufrieden mit ihrer Idee in die Runde sah, schauten die anderen eher zweifelnd.

„Omi, das sind brutale Typen!“ Aus Sophies Stimme klang ihre Sorge. „Die kannst du nicht einfach austricksen. Und selbst, wenn sie dir einen Treffpunkt vorschlagen, liegt der garantiert nicht dort, wo sie die Tiere aufbewahren.“

„Und warum fragen wir nicht einfach Perla?“ Fritzis Vorschlag kam etwas zögerlich. „Als wir damals in dem Spukhaus waren, hat sie sich doch auch genau auf den Schatz gesetzt.“

„Das stimmt, Perla ist schlau, die kann das“, unterstützte Sporty seine Schwester.

„Aber wie soll denn das gehen?“ Sophie war ja bereit, jede Hilfe anzunehmen, aber leider konnte der Hund nicht sprechen, auch wenn er offensichtlich vieles früher erkannte, als die Menschen.

Sie schaute hilfesuchen zu Oma Laura, die mit einem schlauen Lächeln im Haus verschwand und mit einem großen, altmodischen

Stadtplan erschien, den sie auf dem Rasen auseinanderfaltete.

Fritzi hatte in der Zeit sehr intensiv mit Perla geflüstert und schaute jetzt mit angehaltenem Atem zu, was passierte. Perla umrundete den Plan vorsichtig dreimal und ließ sich dann an der unteren Seite nieder, wobei eine Pfote auf der Karte blieb.

Sophie kniete sich sofort neben die Hündin, streichelte sie und lachte. „An dir werde ich nie wieder zweifeln, du bist ein echtes Wunder! Sehr ihr, wohin ihre Pfote zeigt? Das ist eins der Gewerbegebiete, die ich auch im Verdacht hatte. Das zweite wäre im Norden gewesen, das können wir jetzt ausschließen. Haben wir eine Belohnung für diese Spitzenleistung?"

Aber das hatte Fritzi schon übernommen, die ziemlich erleichtert, aber auch sehr stolz auf ihre Perla war.

Gerade als Oma Laura mit Sportys Hilfe begonnen hatte, die Kinder und die Krimifrauen für die Fahrrad-Streife einzuteilen, klingelte ihr Handy. Sie ging wegen der Babies etwas zur Seite, rief aber dann den anderen zu. „Es ist Christiane. Es hat sich jemand gemeldet, der ihre Katze hat, aber er will Geld."

Sophie, die ähnliches im Internet gelesen hatte, hob warnend die Hand. „Sie soll unbedingt erst einen Beweis verlangen, dass er die Katze auch wirklich hat."

„Hat sie schon gemacht", antwortete Oma Laura. „Du weißt doch, dass Lehrerinnen immer clever sein müssen. Sie sagt, er sei bloß ein Trittbrettfahrer. Er habe das gleiche Foto vom Handzettel verwendet und einen Käfig dazu gesetzt.“

„Und wie hat sie es gemerkt?“ Sporty fand Christianes Reaktion richtig cool.

„Sie hatte von der Katze noch gar kein Foto gemacht und hat daher für den Handzettel einfach eines aus dem Netzt benutzt. In Wirklichkeit ist ihre Kira viel heller. Der Erpresser hat sie um 16.30 Uhr zum Springbrunnen im Stadtpark bestellt. Soll sie gehen?“

Sophie schaute auf die Uhr, das könnte klappen.

„Ja, sie soll ruhig hingehen, aber ihr Geld festhalten. Ich rufe gleich Felix an, die werden sich freuen.“

Während die Mädchen dem Disput sprachlos gefolgt waren, hatte Sporty schon sein Rad geschnappt. „Das sehe ich mir an“, hörten sie ihn noch rufen, dann war er verschwunden.

Kaum zwanzig Minuten später, meldete sich Fritzis Handy.

Sporty hatte ein Foto geschickt, auf dem die Festnahme eines kleinen dicken Mannes mit einem Katzenkorb zu sehen war.

Dazu hatte er kommentiert. „Felix hat ihn schon. Dieser Fettkloß konnte nicht mal rennen. Wegen der Fahrrad-Streife sage ich Ben Bescheid.“

Am nächsten Tag trafen sich die *Kleinen Detektive* und die Krimifrauen im Gewerbegebiet. Das Wetter war etwas trübe, aber zum Glück trocken. Zunächst gab es ein großes Hallo und anerkennendes Schulterklopfen für Christiane, als sie und Sporty von der

Festnahme des Trittbrettfahrers berichteten.

Emilia, die frühere Psychologie-Dozentin war noch im Urlaub und schickte nur gute Wünsche für das Gelingen.

Kinder wie Krimifrauen hatten sich gut auf diese Suche und die eventuelle Konfrontation vorbereitet.

Neben den Kids hatten sich Claire, die früher ein Reisebüro geleitet hatte und Stella, die Witwe eines bekannten Malers sowie Oma Laura auch für Fahrräder entschieden und bestaunten gegenseitig ihre Ausrüstung. Luisa, die früher beim Kammergericht tätig war und Antonia, die Krankenschwester, erschienen mit geliehenen E-Bikes, um sich das Fahren zu erleichtern.

Ben hatte wie immer einige Seile mitgebracht und verteilte sie unter den Kindern, während Laura die Frauen mit Pfefferspray ausrüstete.

Dann instruierte sie alle noch einmal gründlich. „Auch wenn es nicht so aussieht, wir sind hier im Märchen-Viertel. Vermutlich lassen sich die Straßennamen besser merken. Ben und ich haben euch schon eingeteilt. Sporty, du beginnst mit dem Rotkäppchen-Weg."

„Den gestiefelten Kater hätte ich heute lieber gehabt, war der nicht dabei?" Obwohl alle über Sportys Antwort lachten, war sich doch auch jeder des Ernstes der Lage bewusst. Als alle eingeteilt waren, erinnerte Laura noch einmal.

„Wir suchen auffällige, flache Lagerhallen, achtet auf Katzengeräusche oder den bewussten blauen Transporter. Alles wichtige, wie immer über Handy an mich oder kommt hier vorbei. Ich bleibe hier an diesem Imbiss-Wagen."

Nachdem alle ausgeschwärmt waren, betrachtete Laura den Imbiss-Wagen etwas genauer. Er sah sehr sauber aus, aber Kaffee würde sie hier nicht trinken. Die nächste Toilette war bestimmt meilenweit entfernt. Auch etwas, was mal geändert werden müsste.

Aber die Quarkkeulchen dufteten so gut, so was hatte sie schon seit Jahren nicht mehr gesehen. Während sie genussvoll in das Gebäck biss, erkundigte sich der freundliche Verkäufer.

„Machen Sie eine Sternfahrt oder ein neues Geländespiel?"

Laura schüttelte den Kopf. „Wir suchen eine Katze, die weggelaufen ist." Sie war ganz bewusst vorsichtig mit ihrer Antwort, man konnte ja nie wissen.

„Na ja, wenn Sie Katzen suchen, versuchen Sie es mal in der Waldhausstraße. Da soll es plötzlich viele Katzen geben, aber ich fürchte, da sind auch einige üble Typen."

Laura dankte für den Hinweis und rief Fritzi an, die diese Straße prüfen sollte. „Sei bitte sehr vorsichtig, es könnte sein, dass du auf der richtigen Spur bist."

„Ich weiß", beruhigte sie Fritzi. „Ich habe schon meinen Bruder zu Hilfe gerufen. Perla ist so unruhig, sie wäre mir fast aus dem Korb gesprungen."

„Unternehmt nichts, bis ich da bin. Ich sage den anderen Bescheid, dann komme ich."

Nachdem Fritzi ihr Handy zurück in die Halterung gesteckt hatte, schaute sie unschlüssig zu den Lagerhallen. Ob sie wenigstens nachsehen sollte?

Bevor sie den Eingang erreicht hatte, raste Sporty mit seinem Rennrad um die Ecke und mit ihm die anderen *Kleinen Detektive*, die sich über ihren Notfall-Button verständigt hatten.

Vorsichtig näherten sie sich der Lagerhalle, um durch die Fenster zu spähen, als ein fürchterlicher Schrei ertönte. Lissy, die am weitesten vorne stand, zuckte erschreckt zurück, aber Betty beruhigte sie und erklärte, wie üblich etwas oberlehrerhaft. „Ich habe euch doch gesagt, dass Siamkatzen sehr eigenwillig sind. Wenn ihnen nicht gefällt, wie mit ihnen umgegangen wird, dann schreien sie, so wie eben."

„Also ist Kira dort gefangen", rief Sporty kämpferisch. „Wir müssen rein und sie befreien!"

Im gleichen Moment öffnete sich die Tür der Halle, zwei Männer gingen mit einem Katzenkorb auf den blauen Wagen zu und dann geriet alles durcheinander. Die Katze schrie erneut durchdringend und die Kinder stürmten auf die Männer zu.

Während Fritzi, Noddy und Lissy mit den Hunden den Mann verfolgten, der mit dem Katzenkorb in die Lagerhalle gerannt war, versuchten Betty, Ben und Sporty, den anderen Mann aufzuhalten, der in das Auto steigen wollte. Der stieß die Kinder grob zur Seite, wurde aber gestoppt, als Sporty einen gezielten Boxhieb auf den Solarplexus des Mannes setzte. Mit Staunen sahen die Kinder, wie der bullige Mann vor ihren Augen zusammensackte und sie ihn mit den Seilen fesseln konnte.

Sporty schaute selbst etwas ungläubig, grinste dann aber stolz.

„Das hat mir Daniel, mein Dad gezeigt." Betty schnappte noch zur Sicherheit die Autoschlüssel und bewachte den Mann, während die anderen mit den inzwischen eingetroffenen Krimifrauen in die große Lagerhalle stürmten.

Es dauerte doch einige Zeit, bis Laura allen Bescheid gegeben und Felix alarmiert hatte, dann schwang sie sich auf ihr Rad und spurtete zur angegebenen Adresse.

Dort stand nur noch Betty, die auch aufgeregt war, sich aber große Mühe gab, um sie einzuweisen. „Die anderen sind schon in der Halle. Wir mussten eingreifen, weil sie gerade eine Katze wegbringen wollten. Als sie uns gesehen haben, wollten sie fliehen. Sporty hat einen k.o. geschlagen, dann haben wir ihn gefesselt. Er liegt dort neben dem Auto, ich bewache ihn. Der andere ist noch in der Halle. Die Schlüssel für das blaue Auto habe ich auch."

„Super!" Laura klopfte Betty auf die Schulter. „Das habt ihr wirklich toll gemacht!"

Schon als sie die Tür zur Halle öffnete, hörte sie einen fürchterlichen Radau, das wüste, unflätige Schimpfen eines Mannes, die erregten Rufe der Kinder und der Krimifrauen, bellende Hunde und kreischende Katzen.

Der zweite Verdächtige saß auf der obersten Plattform eines großen Regals, während unten Perla und Hagrid wütend bellten.

„Nehmt die verdammten Hunde weg! Die haben mich gebissen, ich verklage euch alle!"

„Schluss jetzt!" rief Laura und der Lärm flaute etwas ab.

„Fritzi, Lissy, ruft bitte die Hunde zurück. Sie haben gute Arbeit geleistet, jetzt übernehmen wir. Die Polizei ist gleich da, dann können wir die Sache beenden. Aber vielleicht bleiben Sie besser dort oben", rief sie dem Mann zu, der gerade herunterklettern wollte.

„Möglicherweise überlegen es sich die Hunde auch wieder."

Währenddessen war Christiane suchend an den Katzenkäfigen vorbeigegangen, hatte aber ihre Kira nicht gefunden, bis Perla an einer Tür zu kratzen begann, die sie bisher übersehen hatten.

Christiane rannte sofort dorthin, aber die Tür war verschlossen.

Als sie Kira miauen hörte, rüttelte sie verzweifelt an der Tür.

Der Mann auf dem Regal, der sich wieder sicher wähnte, grinste provokativ. „Die kriegen Sie nie auf! Ich habe keine Schlüssel und habe auch mit dem Ganzen überhaupt nichts zu tun."

Laura warf ihm nur einen bitterbösen Blick zu, ging zur Tür, zog etwas aus ihrer Tasche und hantierte kurz am Schloss, dann stieß sie die Tür auf und strahlte Christiane an.

Die stürzte sofort in den Raum und befreite Kira aus dem viel zu engen Käfig. Alle jubelten und klatschten, als sie mit der Katze auf dem Arm zu den anderen trat. „Danke, dass ihr sie gerettet habt!"

Inzwischen hatte Laura, die Polizisten eingewiesen, die die beiden Verdächtigen gerne mitnahmen und auch den Tierschutz informierten, die sich um die anderen Katzen kümmern würden.

Als Laura am Abend ihren Muskelkater gepflegt hatte und bei Sophie Bericht erstattete, grinste die sie von der Seite an.

„Ihr wart wirklich toll, aber mir sind zwei Dinge aufgefallen.

1. Hast du wirklich Onkel Julians Dietrich benutzt? Und 2. Was sind Quarkkeulchen?"

Oma Laura breitete mit dem unschuldigsten Gesichtsausdruck, der ihr zur Verfügung stand, die Arme aus.

„ Besondere Situationen erfordern besondere Mittel! Das ist immer so. Außerdem wollte ich den Dietrich schon immer mal ausprobieren und es hat auf Anhieb geklappt."

Nur ein ganz klein bisschen stolz auf sich, strich sie ihre silberblauen Haare zurück.

„Und Quarkkeulchen kann man nicht erklären, die muss man kosten. Morgen mache ich dir welche."

Die verhängnisvolle Vorsorge

„Was für ein Schietwetter", schimpfte Laura Graf, als sie spürte wie sich das eisigkalte Regenwasser in ihrem linken Schuh sammelte. Vielleicht hätte sie doch auf die schicken, neuen Schuhe verzichten sollen?

Aber immerhin sahen sie sehr gut aus, machten einen schmalen Fuß und waren bestimmt auch die kalten Zehen wert. Sie zog die Schultern hoch und kuschelte sich tiefer in ihren blaugrauen Steppmantel. Nur gut, dass sie noch zu den Frauen gehörte, die wussten, wie man einen Hut perfekt trug, bei diesem Wetter war er wirklich ein Segen.

Normalerweise wäre sie bei diesem düsteren Novemberwetter lieber zuhause geblieben, aber heute war Mittwoch. Und wie jeden Mittwoch seit sie im Ruhestand waren, trafen sich die sieben Frauen, die am liebsten Krimis lasen, im *Café Schokohimmel* im alten Bahnhof. Natürlich diskutierten sie auch gerne über die Romane, deren Autoren den Leserinnen auch die Gelegenheit zum Mitfiebern und Mitraten gaben, aber noch lieber machten sie sich selbst auf die Jagd. Allerdings lag die letzte, bei der sie Christianes Katze gerettet hatten, schon wieder mehrere Wochen zurück.

Da Sophie, ihre Enkelin die Detektei geschlossen hatte, um sich nach der Geburt erst einmal um ihre lebhaften Zwillinge zu kümmern, war aus dieser Richtung auch kein neuer Fall zu erwarten.

Zum Glück hatte sie einen höchst interessanten Krimi aus dem alten England entdeckt, der so spannend war, dass sie ihn kaum aus der Hand legen konnte. Der würde den Krimifrauen sicher auch gefallen, also könnte sie ihn heute gleich empfehlen.

Im *Café Schokohimmel* war es angenehm warm, Kaffee und Kuchen dufteten fast noch intensiver als sonst und die sanften Lilatöne der Tischdecken und Polster hellten den trüben Tag etwas auf. Auch die anderen Frauen waren schon früher gekommen, weil es bei Letty, der Inhaberin des Cafés, entschieden angenehmer war, als in dem eisigen Novemberwetter.

Stella, die Witwe eines bekannten Malers, und Claire, die vor der Rente ein Reisebüro geleitet hatte, standen schon am Kuchen-Bufett und diskutierten die Auswahl, während Emilia, die ehemalige Psychologie-Dozentin und Krimiautorin, in ein sehr intensives Gespräch mit Antonia, der früheren Krankenschwester vertieft war.

Nachdem Laura ihre Füße aufgewärmt hatte, gesellte sie sich auch zur Kuchenauswahl.

Letty pries ihren Apfelkuchen *Thüringer Art* in den höchsten Tönen an und überzeugte Laura damit auch. Was die Bäckerin nicht wissen konnte war, wie gerne sich Laura bei der Erwähnung von Thüringen an den netten Wendolin aus Weimar erinnerte, der sie bei der Aufklärung eines Einbruchs in „ihr" Museum tatkräftig unterstützt hatte. Das ist auch schon wieder ein Jahr her, dachte

Laura verwundert. Wann hat die Zeit angefangen, so zu rasen?
Als ich damals 18 werden wollte, dauerte alles viel länger.

Inzwischen waren auch Christiane und Luisa eingetroffen, hatten sich mit Kuchen versorgt und wie immer Lettys Backkünste gelobt. Auch die Buchempfehlung von Laura „Die Schatten von Westminster" wurde sehr gerne angenommen, auch wenn sie die sehnsüchtigen Blicke der Frauen schwer übersehen konnte.
Natürlich hätte sie genauso gerne wie die anderen, wieder das aufregende Prickeln eines neuen Falles erlebt, aber herbeizaubern ließ sich so etwas nicht.
Fast zum Schluss meldete sich Antonia, die die gesamte Zeit schon etwas abwesend gewirkt hatte. „Ich muss euch etwas erzählen. Ob wir in dieser Sache überhaupt etwas machen können, weiß ich nicht, aber es beschäftigt mich sehr. Es geht um eine Bekannte von mir, die ich schon aus der Zeit kenne, als ich noch Lernschwester war. Sigrid ist ein paar Jahre älter als ich und alleinstehend. Wir sehen uns nur noch selten, höchstens zu Geburtstagen oder Jubiläen."
Antonia schwieg einen Moment, um sich zu sammeln. „Vor zwei Tagen wollte ich ihr zum Geburtstag gratulieren, aber sie hat nicht aufgemacht. Erst als ich laut geklopft hatte, ging die Tür auf. Ich war total erschrocken, weil sie fürchterlich aussah, das Gesicht total verquollen, die Hände und Füße angeschwollen. Und sie hat

mich nicht erkannt! Erst hat sie mich Mutter Oberin genannt, wie früher im katholischen Krankenhaus, dann Schwester Monika, vielleicht nach der Karikatur, die es damals gab. Außer mir war niemand da, aber sie hat nach mir, auch den alten Chefarzt begrüßt und irgendetwas von Engeln gefaselt."

„Und du glaubst nicht an eine Demenz, oder?" Laura hatte schon zum eigenen Schutz viel über dieses Thema gelesen und aß regelmäßig ihr Müsli mit Spermidin aus Weizenkeimen.

„Anfangs schon", räumte Antonia ein. „Aber dann fiel mir ein, dass sie eine hohe Dosis L-Thyroxin nehmen muss, das sind Schilddrüsenhormone. Wenn die längere Zeit fehlen, kann es auch zu solchen Symptomen und sogar Wahnvorstellungen kommen."

„Und vermutlich weiß keiner, ob sie ihre Medikamente regelmäßig genommen hat", stellte Stella fest. „Ich bin auch ein schlechter Einnehmer und muss mir immer Erinnerungsmöglichkeiten schaffen."

„Das habe ich auch so eingeschätzt", setzte Antonia fort. „Deswegen habe ich ihre Ärztin angerufen und als ich ihr diese Symptome geschildert hatte, wurde sie sofort in die Klinik eingewiesen. Heute früh habe ich mit der Ärztin telefoniert, sie sagt, dass die Schilddrüsenwerte katastrophal waren. Der Grund sei aber nicht mangelnde Einnahme, sondern die falschen Tabletten. In der Schachtel für das L-Thyroxin waren einfache Erkältungstabletten, die auch eine Bruchkerbe haben, also so ähnlich aussehen wie das

Schilddrüsenmittel. Da ergibt sich doch die Frage, wer macht so etwas mit dieser Frau? Wer hat die Tabletten ausgetauscht?"

Christiane, die ehemalige Lehrerin, die eigentlich in Gedanken schon wieder bei ihrer Katze Kira war, holte bei dieser Frage wortlos die Karten aus ihrer Tasche und hielt das WER hoch.
Diese Karten mit den Fragen WER, WAS, WANN, WIE und WARUM, die alle aus klassischen Detektivromanen kannten, waren seit Jahren ihr wichtigstes Hilfsmittel und gaben ihren Diskussionen Struktur.
„Da sie keine Familie hat, wie steht es denn mit Freunden und Bekannten oder einem Pflegedienst?" Claire begann gerne die Diskussion als erste.
Antonia überlegte nur kurz. „Natürlich weiß ich das nicht hundertprozentig, aber in den letzten Jahren war ich zum Geburtstag der einzige Gast. Bei den Nachbarn habe ich auch schon nachgefragt, die sind erst vor kurzem eingezogen. Und einen Pflegedienst gibt es offensichtlich nicht, denn ich habe erstmal sauber gemacht, damit Sigrid sich nicht erschreckt, wenn sie wieder aus der Klinik kommt."
„Hat sie vielleicht Feinde oder irgendeinen alten Streit mit jemandem?" Luisa, die früher beim Kammergericht arbeitete, hatte da diverse Erfahrungen mit jahrzehntelangen Feindschaften.
Aber Antonia zuckte nur mit den Schultern.

„Vielleicht kommen wir weiter", rief Emilia, „wenn du uns gleichzeitig das WARUM zeigst. Oder besser gefragt, wem nützt es, wenn eine ältere, alleinlebende Frau nicht mehr in der Lage ist, Notwendiges zu entscheiden und ihr tägliches Leben zu organisieren? Irgendwer übernimmt das dann doch. Entweder aus der Familie oder ein beruflicher Betreuer. Das müsste zumindest in der Vorsorgevollmacht stehen."

„Aber eine Vorsorgevollmacht erteile ich doch nur für den Fall, dass ich irgendwann in einem Zustand bin, in dem ich das selbst nicht mehr kann." Claire sah sich zufrieden um, als die anderen zustimmend nickten.

Auch Emilia nickte. „Völlig richtig. Aber wenn der- oder diejenige nicht so lange warten will?"

„Das wäre ja oberfies", empörte sich Claire. „Da müssen wir unbedingt etwas tun, denn das könnte einige von uns betreffen."

Claire war gerade etwas mulmig zumute, denn ihre Vorsorgevollmacht lag noch als Entwurf ganz hinten in ihrem Aktenfach.

„Wenn es sich tatsächlich so verhält, sollten wir uns etwas überlegen", stimmte auch Laura zu. „Wird deine Freundin Auskunft geben können, wenn ihre Werte wieder normal sind?"

Antonia nickte. „Das hat mir die Ärztin versichert. Sie wird voraussichtlich am Anfang nächster Woche entlassen. Da kann ich bis Mittwoch alles Notwendige in Erfahrung bringen."

„Gut, das reicht aus", Laura machte sich eine Notiz. „Und ihr anderen, macht wieder ein bisschen Klatsch und Tratsch. Hat jemand etwas Ähnliches gehört? Was gibt es für Erfahrungen mit diesen Betreuern?"

Und an Luisa gewandt, ergänzte sie. „Könntest du dich mal bei deinen früheren Kollegen umhören? Gab es so etwas Ähnliches schon oder vielleicht auch Schlimmeres?"

Luisa nickte. „Ich mache es, aber ungern. Du weißt, dass wir uns nicht im besten Einvernehmen getrennt haben. Aber hier geht es ja nicht um mich, sondern um Gerechtigkeit."

Laura strich ihr begütigend über die Schulter. „Da hast du recht. Hier geht es um Gerechtigkeit für alle älteren Frauen. Und denen, die glauben, sie könnten uns unterbuttern, kann ich nur sagen: Unterschätzt uns ruhig, das wird lustig!"

Und mit diesem denkwürdigen Ausspruch schloss Laura das Treffen der Krimifrauen.

Am nächsten Mittwoch hatte sich das Wetter noch immer nicht zu Lauras Zufriedenheit entwickelt, zumindest regnete es nicht mehr. Und gegen die Kälte hatte sie sich mit warmen Stiefeln und ihrem neuen fliederfarbenen Kaschmirpullover gewappnet. Nachdem alle im *Café Schokohimmel* mit Lettys neuesten Backkünsten versorgt waren, lauschten sie gespannt darauf, was Antonia in Erfahrung gebracht hatte.

„Meiner Freundin geht es viel besser, fast wie vorher. Wie besprochen habe ich mir ihre Vorsorgevollmacht angesehen, da scheint alles in Ordnung zu sein. Den Mann, den sie dort eingesetzt hat, kennt sie nur von einem Vortrag, aber sie fand ihn sehr nett und überzeugend. Dieser Günther Jensen arbeitet für einen Betreuungsverein und bisher sehe ich da noch keinen Anhaltspunkt. Allerdings war außer ihm niemand in der Wohnung, auch keine Handwerker oder Versicherungsleute."

„Wieso war der Mann eigentlich in der Wohnung? Der Vorsorgefall ist doch noch gar nicht eingetreten." Luisas Gesichtsausdruck ließ ahnen, dass sie einiges mehr gehört hatte.

„Sigrid sagt, er mache Hausbesuche und sie empfand das auch sehr angenehm, mal ihre Sorgen auszubreiten." Antonia schüttelte jetzt selbst den Kopf über diesen Leichtsinn.

„Mich beschäftigt immer noch das Motiv", überlegte Emilia.

„Dazu brauchte ich zwei Antworten: 1. Besitzt deine Freundin irgendetwas Wertvolles? Und 2. Wo bewahrt sie ihre Medikamente auf?"

Antonia lächelte. „Jetzt ist mir klar, wieso du Krimis schreibst und ich nicht. Ich kann gar nicht so weit denken. Da gibt es wirklich etwas. Sigrid hat von ihrem Vater eine Briefmarkensammlung geerbt, deren Wert in die Hunderttausend gehen soll."

Dann ergänzte sie spitzbübisch grinsend. „Ein bisschen habe ich doch mitgedacht. Ich habe ihre Medikamente in eine ordentliche Pillendose für die unterschiedlichen Wochentage gepackt, denn vorher befand sich alles in einem Arzneischränkchen im Bad."

„Und das wäre für einen Gast auch ganz leicht zugänglich",
schlussfolgerte Luisa.

„Ich habe mich auch umgehört. In der Regel arbeiten diese Be-
treuungsvereine sehr ordentlich und legal, aber wie überall gibt es
auch da schwarze Schafe. Eine Richterin hat mir von einem Betreuer erzählt, der dem Gericht jahrelang erzählt hat, die betreute
Person sei dement und würde ständig Sachen vermissen, die sie nur
verlegt oder nie besessen hätte. In Wirklichkeit hat er die arme Frau
über Monate ausgeraubt und da ging es nicht nur um einen ver-
schwundenen Silberteller, sondern um eine einmalige Münzsamm-
lung und wertvolle Antiquitäten. Erst ein wirklich mutiger Ver-
wandter hat ihn stoppen können. Allerdings gab es dort einen Be-
treuungsvertrag, der ja viel weiter geht, als eine Vorsorgevollmacht."

„Aber wenn Antonia nicht eingegriffen hätte, dann wäre es in diesem Fall auch zu einer gesetzlichen Betreuung gekommen. Und an
wen hätte man als ersten gedacht? Natürlich den, der schon das
Vertrauen der Person genießt. Oder siehst du das anders?"
Laura blickte Luisa fragend an, aber die verneinte stumm.
Christiane hatte die Karten noch in der Hand, da sie vorerst nicht
gebraucht wurden. „Mir hat man von einem Betreuer erzählt, der
einer alten Frau untersagt hat, ihre Familie zu sehen und auch ihre
Enkel daran gehindert hat, sie zu besuchen. Ich stelle mir das

furchtbar vor."

„Ich habe nur Lobeshymnen gehört", begann Claire. „Ich kann nicht sagen, ob es sich um den gleichen Mann handelt, aber meine Nachbarin hat mir erzählt, dass jemand in ihrer Senioren-Begegnungsstätte zu diesem Thema gesprochen habe.

Und er sei so charmant und gut aussehend gewesen, ein Bild von einem Mann. Sollten wir uns diesen Wunderknaben nicht mal ansehen?"

Laura nickte ihr zu und lächelte. „Das ist schon in Arbeit. Seit ich von Antonia den Namen erfahren habe, haben Sophie und ich im Internet gesucht. Der Name Günther Jensen taucht bei diesen Informations- oder eher Werbevorträgen ziemlich oft auf, aber das muss noch nichts besagen. Wir haben zwei Termine, zu denen wir noch in dieser oder Anfang der nächsten Woche gehen können. Und wenn er derjenige ist und wir ihn als verdächtig einschätzen, stellen wir ihm eine Falle."

„Das würde ich liebend gerne übernehmen", rief Antonia sofort, aber Laura bremste sie.

„Das funktioniert nicht. Der Mann geht vermutlich ziemlich gründlich vor, er braucht dich nur im Netz zu überprüfen und stößt sofort auf deinen Sohn."

„Aber ich könnte es machen." Luisa waren Menschen, die andere kaltblütig, ohne die Spur eines Gewissens betrogen, absolut suspekt. „Meine Tochter lebt in Kanada und wir kommunizieren nicht über Facebook oder ähnliches, sondern nur über Facetime. Also könnte ich behaupten, die Familie sei schon sehr lange zerstritten. Und L-Thyroxin nehme ich auch."

Laura nickte etwas überrascht, denn sonst war Luisa nicht so mutig.

„Das könnte klappen, aber vorher schauen wir uns diesen Kerl an. Ich schlage vor, Luisa, Emilia und ich übernehmen den ersten Termin und die anderen, den zu Beginn der nächsten Woche. Am Mittwoch tauschen wir uns dann aus und legen die Strategie fest."

Am folgenden Mittwoch, als sich die sieben Frauen wieder trafen, schien sogar eine etwas blasse Herbstsonne. Aber nicht das angenehmere Wetter oder Lettys neueste Tortenkreation mit Blick auf die Adventszeit, vermochte die Gemüter der Frauen zu besänftigen. Wütend tauschten sie Erlebnisse und Beobachtungen aus.

„Dieser Mann hält sich wahrhaftig für ein Geschenk Gottes an ältere Frauen. So eine Arroganz! Er hat die Frauen behandelt, wie hirnlose Teenager", schimpfte Stella und warf ihre rote Mähne zurück.

„Und hast du die Blicke gesehen, mit denen er die Gruppe taxiert hat? Der ist so warmherzig, wie meine Gefriertruhe", stimmte Claire ein.

Selbst Emilia konnte sich nicht zurückhalten, auch wenn sie vieles aus anderem Blickwinkel sah. „Manchen Menschen muss man nur einmal in die Augen sehen und weiß sofort, das Licht ist an, aber es ist niemand zuhause."

„Genauso habe ich es auch empfunden, ein eiskalter Typ." Christiane schüttelte sich noch bei der Erinnerung.

Stella kicherte. „Vielleicht will er ja nicht absichtlich grausam sein, vielleicht hat er nur das angeborene Feingefühl eines Brontosaurus, also erst zubeißen und verschlingen und dann vielleicht überlegen."

Als die anderen lachten, schüttelte Antonia traurig den Kopf.

„Hört auf, das ist nicht lustig."

„Du hast ja recht", entgegnete Laura. „Aber über ihn zu lästern ist zurzeit das Einzige, was mich davon abhält, ihn zu erschlagen. Aber wir kriegen ihn schon noch."

„Das meinte ich nicht, es ist noch schlimmer gekommen."

Antonia musste ihre neuen Informationen unbedingt loswerden.

„Ich war nochmal bei Sigrid und da haben wir festgestellt, dass die Briefmarkensammlung fehlt und auch noch einige andere Dinge verschwunden sind. Wir habengemeinsam eine Anzeige bei der Polizei aufgegeben, aber ihr hättet mal die Gesichter der Polizisten sehen sollen. Keine Anzeichen für einen gewaltsamen Einbruch, aber wertvolle Dinge fehlen? Sie haben die Anzeige zwar aufgenommen, aber wahrscheinlich schon abgelegt."

„Umso wichtiger ist es, dass wir ihn kriegen. Luisa hat schon einen Termin." Laura lehnte sich zurück und Luisa setzte fort.

„Ich habe ein Beratungsgespräch, so wie er das in seinem Vortrag angepriesen hat, am kommenden Montag. Bisher hatte ich keine Medikamente im Bad, aber jetzt schon, auch schön auffällig mit einem roten Kreuz. Sophie hat sich schon alles angesehen und wird dann Montag früh alles mit der notwendigen Technik bestücken, so dass man mein Gespräch mit ihm bei Laura im Wohnzimmer mit hören und alles, was im Bad passiert, sehen kann."

„Sobald er die Tabletten ausgetauscht hat, wird er festgenommen. Das reicht erst mal aus, um in seiner Wohnung nach weiteren Beweisen zu suchen. Und wenn sie nur eine Sache finden, die deiner Freundin fehlt, haben wir ihn."

Laura sah nach dieser Mitteilung nur noch zufriedene Gesichter.

„Aber welche Schätze willst du ihm denn unter die Nase halten?" Claire war sicher nicht die einzige, die sich das fragte.

„Bitte nicht das schöne Bernstein-Herz, das wir vor drei Jahren gerettet haben."

„Auf keinen Fall", lachte Luisa. „Daran hängt mein Herz auch, aber mein Mann hatte eine kleine Sammlung von Armband-Uhren, die mich nie sonderlich interessiert hat. Neulich habe ich die schätzen lassen, weil mich Laura dazu gedrängt hat.

Ich bin fast umgefallen, als ich gehört habe, dass die Uhren circa 75.000 Euro wert sind. Die lagen bisher einfach so im Schreibtisch und hatten für mich lediglich Erinnerungswert.

Nicht mal der Einbrecher von damals hat den Wert erkannt. Und diese erstaunliche Erkenntnis sollte ich mit jemandem teilen, findet ihr nicht?"

Alle lachten und die Krimifrauen trennten sich mit dem guten Gefühl, den Sieg sicher zu haben.

Luisas Mut, der alle beeindruckt hatte, hielt nicht einmal bis zum Wochenende. Stundenlang hatte sie den Ablauf mit Laura durchgespielt, notwendige Antworten geprobt und unverfängliche Fragen eingeübt, aber je näher der Montag kam, um so mehr hatte sie das Gefühl, völlig unzulänglich zu sein, alles falsch zu machen.

Nicht einmal der Kuchen, den sie am Sonntag backen wollte, gelang.

Und so wurde sie von Laura abends gefunden, total verunsichert und heulend in ihrer Küche. Erst als Laura mit wenigen Handgriffen das Kuchendesaster beseitigt hatte, schaffte sie es zu Luisa durchzudringen.

„Kannst du ich an das Spukhaus erinnern?"

Luisa lächelte vorsichtig. „Es war fürchterlich, ich hatte solche Angst, aber wir haben ihn aufgehalten."

„Stimmt", erklärte Laura resolut. „Wir beiden alten Schachteln haben einen Profi-Einbrecher gelinkt. Wir waren echt gut!"

„Ja, aber", begann Luisa und verstummte wieder. Auch Laura schwieg einen Moment und versuchte es dann wieder.

„Da steckt etwas anderes dahinter, irgendetwas von früher. Darfst du darüber reden?"

„Vermutlich nicht, aber das ist jetzt auch egal. Du weißt, dass ich immer versucht habe, nach dem Gesetz und meinem Gewissen gerecht zu entscheiden. Manchmal war ich vielleicht auch zu vorsichtig oder nicht hart genug, aber als es in einem Fall um Kindesmissbrauch ging, habe ich die rechtlichen Möglichkeiten voll ausgeschöpft. Ich war der Meinung, genau richtig entschieden zu haben, dennoch wurde mir danach der Vorruhestand sehr nahegelegt. Das hat mich total verunsichert.

Erst später habe ich erfahren, dass der Betroffene Freunde hatte, die Dinge von ganz oben beeinflussen können. Dennoch bin ich mir manchmal deswegen noch unsicher, ich will auf keinen Fall Unrecht bewirken."

Laura nahm sie tröstend in den Arm, dann schüttelte sie sie leicht an den Schultern. „Das verstehe ich. Aber du wirst auch nicht wollen, dass Unrecht ungesühnt bleibt. Du hast morgen eine wunderbare Gelegenheit, das zu klären. Ist Herr Jensen unschuldig, kannst du die Sache abblasen. Ist er aber derjenige, der alleinlebende, ältere Frauen ausraubt, kannst du Gerechtigkeit schaffen."

Luisa sah Laura fast bewundernd an. „Wann bist du eigentlich so schlau geworden? Das war fast ein Plädoyer. Gut, ich mache es."

Laura klatschte in die Hände. „Super! Und wir sind bei dir, wir kriegen das hin."

Dann fixierte sie Luisa mit einem kritischen Blick. „Soll das etwa heißen, ich wäre früher nicht schlau genug gewesen? Wer hat denn meine Aufsätze in der 6. Klasse fast Wort für Wort abgeschrieben?

Und sogar meine Fehler übernommen?"

Jetzt mussten beide lachen und Laura kehrte beruhigt zu Sophie und den Babies zurück.

Am Nachmittag des nächsten Tages, drängten sich die Krimifrauen in Lauras Haus. Sie und Sophie überwachten die Geschehnisse in Luisas Bad, Antonia und Stella lauschten dem Gespräch im Wohnzimmer, während Emilia und Claire den Zwillingen beim Schlafen zusahen.

Obwohl aus Lauras Haus kein Ton in das Nachbarhaus dringen konnte, schwiegen alle angespannt oder flüsterten nur vorsichtig.

Als es endlich losging, war Laura so stolz auf Luisa, die völlig ruhig und gelassen alle vereinbarten Inhalte bot, mit dem Berufsbetreuer über ihr Kuchenrezept sprach, die Uhrensammlung ihres Mannes geschickt ins Gespräch brachte und beim zweiten Stück Kuchen nur lächelnd erklärte, ihre Schilddrüsenmedikamente würden sie schlank halten. Damit waren alle Fangschlingen ausgebreitet. Jetzt wurde es spannend, wie würde er reagieren?

Bisher verhielt er sich sehr professionell und gab sich, als wäre er ehrlich am Wohlergehen von Luisa interessiert.

Als er sich dann aber entschuldigte, um angeblich seine Hände zu waschen, hielten alle den Atem an und holten erst wieder Luft, als deutlich zu sehen war, wie er den Inhalt des Arzneischrankes prüfend musterte und dann geschickt die Schilddrüsentabletten austauschte.

Sophie alarmierte sofort Felix, der schon vorgewarnt in der Nähe gewartet hatte. Als sich Günther Jensen gerade höchstzufrieden und voller Vorfreude auf ihre Schätze, an der Wohnungstür von Luisa verabschieden wollte, wurde er festgenommen. Die ausgetauschten Medikamente befanden sich noch in seiner Jackentasche.

Natürlich waren die Krimifrauen auch ins Nachbarhaus geeilt, um hautnah zu erleben, wie der diebische Betrüger verhaftet wurde. Sobald die Polizisten mit ihm verschwunden waren, brachen sie in Jubel aus und klatschten sich ab. Laura und Sophie sicherten noch ihre Überwachungstechnik und dann feierten sich die Frauen für diese geglückte Aktion, zwar nur mit Kaffee und Kuchen, aber dem guten Gefühl, wieder eine Ungerechtigkeit bekämpft zu haben.

Als Laura und Luisa zwei Tage später wieder im *Café Schokohimmel* eintrafen, wurden sie von den anderen mit Beifall und Sekt empfangen, den Antonia im Auftrag ihrer Freundin ausschenken ließ.
Nach dem ersten Anstoßen herrschte schon eine fröhliche Stimmung, als aber Laura berichtete, was alles in der Wohnung von Jensen sichergestellt wurde, kannte der Jubel keine Grenzen.
Antonia drückte aus, was alle dachten. „Genauso sollten wir weiter machen. Laura, du hattest für alle älteren Frauen gesagt: Unterschätzt uns ruhig, das wird lustig! Er hat uns unterschätzt und es

wurde lustig, aber leider nicht für ihn. Ich trinke auf alle Frauen, die sich wehren!"

Noch auf dem Heimweg schwärmten die Krimifrauen von diesem erfolgreichen Einsatz. Natürlich würden sie sich jetzt mit dem Verbrechen nur noch theoretisch beschäftigen und spannende Romane lesen. Aber wer weiß, vielleicht lauerte ein neues aufregendes Abenteuer schon an der nächsten Ecke?

Ein Mann für viele Frauen

Sophie Graf Brunner schreckte aus ihrem Halbschlaf hoch und verzog das Gesicht. Das Einschlafen im Sessel hatte ihrem Nacken nicht gut getan.

Aber sie wollte ja auch nur für einen Moment die Augen schließen, weil Leon zum Glück gerade eingeschlafen war. Er hatte mindestens eine Stunde gebrüllt und das mit voller Lautstärke. Als dann seine Zwillingsschwester Laurie auch noch einstimmte, hatte Sophie sie kurzerhand in ein anderes Zimmer verbannt, wo sie wieder ruhig einschlief.

Schade, dass ihre Oma Laura nicht da war, um ihr zu helfen. Laura hatte früher ein Museum geleitet und später im Ruhestand die Buchhaltung übernommen, als Sophie ihre Privatdetektei eröffnete. Sie war auch sonst immer zur Stelle, wenn es um ihre Urenkel ging.

Aber heute war Mittwoch und an diesem Tag trafen sich die sieben Krimifrauen, seit sie im Ruhestand waren im *Café Schokohimmel,* um über ihre Lieblingskrimis zu diskutieren oder auch selbst einen Fall zu verfolgen. Also musste sie alleine mit ihrem kleinen Schreihals fertig werden.

„Schließlich habe ich mir Zwillinge gewünscht", brummte sie etwas genervt. Aber hatte sie damals jemand darauf hingewiesen, dass es diese berüchtigten Drei-Monats-Koliken gab?

Nein, natürlich nicht! Und Leon schien wirklich darunter zu leiden, da half kein Kuscheln, kein Fliegergriff, erst das Kirschkernkissen von Oma Laura hatte seinen Bauch entspannt und sie war kurz eingenickt.

Sie ließ ihren Blick über das Wohnzimmer schweifen. Nächste Woche war der erste Advent, danach sah es jedoch noch nicht aus. Aber sie konnte sich kaum zu irgendetwas aufraffen, wenn die Kinder erst schliefen. Sie war einfach zu erschöpft. Jetzt hörte sie aus dem Nebenzimmer, was sie geweckt hatte.

Laurie hatte, wie auch immer, das Mobile gestartet, das sie von den *Kleinen Detektiven* bekommen hatten. Als sie vorsichtig durch die halbgeöffnete Tür lugte, musste Sophie schmunzeln. Laurie lag mit leuchtenden Augen und einem breiten, zahnlosen Lächeln in ihrem Bettchen, über sich die tanzenden Sterne und lauschte hingerissen der Melodie „Schlafe, mein Prinzchen, schlaf ein."

Trotz Müdigkeit strahlte auch Sophie. In solchen Momenten wusste sie wieder genau, warum sie sich die Kinder gewünscht hatte. Sie würde auch das erste Weihnachtsfest für sie zu einem tollen Erlebnis machen. Auch wenn sie nicht genau wusste, ob die sich später daran erinnern würden.

Sie war wirklich gerne Mutter, aber manchmal fehlte ihr die Abwechslung und das Jagdfieber, das sie früher als Privatdetektivin kannte, doch ein bisschen. Vielleicht brachte Oma Laura wieder etwas Abwechslung oder neue Informationen mit.

Die bewunderte indessen gerade die adventlichen Tischdekorationen im *Café Schokohimmel.* Obwohl sie sich beeilt hatte, war sie doch ziemlich durchgefroren und genoss die wohltuende Wärme im Café und den betörenden Duft nach Kaffee und Schokolade.

Die anderen Frauen waren schon da und unterhielten sich bereits angeregt.

Stella, die Witwe eines bekannten Malers, schien ein neues Problem zu haben und erzählte mit ausladender Gestik. Laura musterte erst mal die Tortenauswahl, die sehr verführerisch war.

Eigentlich hatte sie sich ja vorgenommen, etwas weniger zu naschen. Aber in der Vorweihnachtszeit musste so eine kleine Sünde erlaubt sei, entschied sie und wählte den extra großen Schokokuss.

Als sie zum speziellen Tisch der Krimifrauen kam, den Letty, die Inhaberin, extra für sie eingerichtet hatte, schienen sich die Gemüter beruhigt zu haben oder das Gebäck schmeckte einfach köstlich.

 Aber Stella hatte ihren Kuchen kaum gegessen, als sie entschieden den Teller wegschob und wie immer, wenn sie wütend war, ihre rote Mähne nach hinten warf. „Ich kann einfach nicht aufhören, darüber nachzudenken. Was sind das für Gesetze, die solches Unrecht zulassen?"

Als Laura sie nur fragend anschaute, holte sie noch einmal tief Luft. „Du weißt, dass ich eine Schwester habe, die wesentlich jünger ist als ich. Damals als sie ihr Geld dem „charmanten" Herrn

Rascal anvertraut hatte, habe ich schon gesagt, sie würde am Rand eines Intelligenz-Minimums leben. Wir haben das Geld gerettet, aber sie hat nichts daraus gelernt. Sie hat wirklich nur soviel Tiefgang wie eine Pfütze bei Nieselregen. Wie immer, war sie mal wieder auf der Suche nach der großen Liebe."

„Das ist aber etwas, das in jedem Alter erlaubt ist", warf Emilia, die frühere Psychologie-Dozentin lächelnd ein. „Und sie war sogar in der *Weiberwirtschaft* bei Maja. Auf deren Paar-TÜV würde sogar ich mich verlassen."

„Und wenn Luna Majas Empfehlung gefolgt wäre, gäbe es auch kein Problem." Stella schüttelte verständnislos den Kopf.

„Obwohl ihr Maja ausdrücklich abgeraten hatte, musste sie sich mit diesem Victor Eskel zusammentun. Ja klar, er sieht sündhaft gut aus, aber reicht das für ein gemeinsames Leben? Was er arbeitet weiß sie nicht, angeblich hat er eine Firma, die an wichtigen Entdeckungen arbeitet."

„Und natürlich brauchte er Geld?" Lauras sarkastische Frage ließ schon ahnen, was folgte.

„Das ist das fieseste überhaupt. Luna hätte es, nach dem was passiert ist, mit Sicherheit abgelehnt, ihm Geld zu geben. Als er ihr aber dann erzählt hat, die Bank habe einen Kredit für weiter Forschungsmittel abgelehnt und er sei niedergeschlagen, weil es um Medikamente für mukoviszidosekranke Kinder gehen würde, hat sie die Bürgschaft für den Kredit übernommen."

„Vermutlich ist er jetzt weg und sie soll zahlen", mutmaßte Luisa, die früher beim Kammergericht war. „Es gibt den alten Spruch: *Den Bürgen sollst du würgen!* Davor kann man nicht oft genug warnen. Die Banken müssen nicht nach dem Kreditnehmer suchen, wenn er nicht zahlt, sie haben ja den Bürgen. Und Luna muss in diesem Fall den gesamten Kredit sofort tilgen."

„Genauso!" wütete Stella. „Jetzt sind die 20.000, die wir gerettet hatten, bald wieder weg. Die Frau ist 55! Irgendwann muss sie doch mal klüger werden. Aber kaum nähert sich ihr ein gut aussehender Mann, scheint ihr IQ ins Bodenlose zu sinken."

Die ehemalige Lehrerin Christiane, die diesem *Hennen-Verhalten*, wie sie die ewige Jagd mancher Frauen nach einem Mann nannte, nichts abgewinnen konnte, vertraute aber immer darauf, dass die Gesetz für alle gleich gelten müssten. Soviel Unrecht, war selbst bei so viel Dummheit mancher Frauen absolut nicht angebracht.

„Hat sie wenigstens Anzeige erstattet?"

„Ja, wenn sie nämlich nicht gegangen wäre, hätte ich nachgeholfen."

Zum ersten Mal an diesem Tag grinste Stella. „Mit dem Beamten, der den Fall aufgenommen hat, habe ich mich ausnehmend gut verstanden. Er hat keinen Hehl daraus gemacht, dass er für dieses hirnlose Agieren mancher Frauen überhaupt kein Verständnis hat.

Denn es gibt 7 weitere Anzeigen, alle gegen Victor Eskel.

Zwei der Frauen waren noch dort auf dem Flur. Luna hat ihre Telefonnummern. Und alles wegen der großen Liebe!"

„Also ich kann jede Frau verstehen, die gerade in der Weihnachtszeit nicht alleine sein will." Antonia, die ehemalige Krankenschwester klang ein wenig sehnsüchtig. „Als mein Mann noch lebte, hat mir diese Zeit wirklich mehr Spaß gemacht, eine Schlittenfahrt durch einen verschneiten Wald, einen heißen Kakao vor meinem kleinen Kamin. Also ich wäre nicht abgeneigt, wenn noch einmal der Richtige käme. Zusammenziehen muss nicht sein, aber zusammen was erleben, das wäre schön."

Laura, die die verträumten Augen der anderen gut nachvollziehen konnte, lächelte nach Antonias Ansage.

„Das finde ich auch. Nur der Richtige sollte es wirklich sein. Aber schalten wir mal die Romantik aus und wenden uns dem Verbrechen zu. Ich vermute, das ist Betrug. Oder siehst du das anders?"

Luisa, an die sich die Frage richtete, schüttelte den Kopf und zitierte aus dem Gedächtnis. *„Betrug ist es, wenn eine Person so getäuscht wird, dass sie unter dem Einfluss des hervorgerufenen Irrtums freiwillig und bewusst, eine Vermögensverfügung vornimmt, die ihr schadet."*

„Und hat man ihn schon festgenommen? Was sagt er dazu?"

Claire, die früher ein Reisebüro geleitet hatte, schnipste ungeduldig mit den Fingern.

„Man hat ihn nicht festgenommen und zwar aus einem einzigen Grund." Stella sah in die Runde und wartete einen Moment, um die

Spannung zu erhöhen.

„Man kann ihn nicht festnehmen, weil Victor Eskel überhaupt nicht existiert. Es gibt zwar eine Geburtsurkunde, irgendwann wurde auch ein Personalausweis ausgestellt, aber die Adresse gibt es nicht, auch keine leiblichen Verwandten, nicht einmal eine Sozialversicherungsnummer, einfach nichts.“

„Und das heißt im Klartext, dass die Polizei in diesem Fall auch nichts unternehmen wird oder unternehmen kann“, konstatierte Laura. „Und dieser Kerl wird weiter ungehindert Frauen ausnehmen, weil ihn keiner stoppt! Hat deine Schwester schon eine Zahlungsaufforderung von der Bank bekommen?“

Stella schüttelte nur den Kopf.

„Angenommen wir würden ihn vorher finden, dann wäre der echte Kreditnehmer wieder greifbar und die Bürgin entlastet, oder?“

Luisa, die Laura aufmerksam zugehört hatte, nickte. „Theoretisch ja, aber wie sollen wir ihn finden?“

Christiane, die sonst bei ihren Ermittlungen die Karten mit den berühmten W-Fragen hochhielt, war fast im Begriff danach zu greifen. Dann hielt sie ein. „Ich schätze, die Fragen WER, WARUM, WAS, WIE und WANN können wir uns heute sparen. Unsere Ws bringen uns da nicht weiter.“

Betroffen sahen sich die Krimifrauen an. Gerade weil wieder viele Frauen betrogen wurden, hätten sie gerne geholfen.

Auch Laura überlegte fieberhaft. Was hätte Miss Marple getan oder wie hätte Sherlock Holmes reagiert?

Wenn man mit den gewohnten Fragen nicht weiterkam, musste man neue stellen. Da fiel ihr ein, wenn dieser Victor nirgends gemeldet war, wo hatte ihn dann Luna getroffen? Und woher kannten ihn die anderen Frauen?

Erfreut über diese neue Idee, lächelte sie und schlug vor. „Wir sollten das WIE nicht ganz außer Acht lassen, aber vor allem die Frage klären, WO hat ihn jede der Frauen kennengelernt?

Ich wette, dass wir jedes Mal einen neuen Tatort finden, denn diese Masche nutzt sich sehr schnell ab. Wir brauchen daher genaue Informationen von Luna und den übrigen Frauen, falls wir ihre Namen finden.

Wir sollten uns für diese Gespräche aufteilen. Stella wärst du einverstanden, wenn Emilia mit deiner Schwester spricht? Du bist emotional noch zu dicht dran, da plaudert deine Schwester bestimmt nicht alles aus. Luisa und ich werden mit Maja sprechen, sie hat ja die Warnung nicht ohne Grund ausgesprochen.

Die anderen finden heraus, ob es weitere Frauen in eurer Nachbarschaft gibt und wo solche Veranstaltungen stattfinden, die dieser Mann für seine Zwecke nutzen kann. Ihr wisst schon, *Ball für einsame Herzen, Speed Dating für fortgeschrittene Singles,* sowas in der Art. Alle Infos wie immer über Whats app an mich.“

Da Luisa und Laura nebeneinander wohnten, traten sie ihren Heimweg gemeinsam an, beide noch immer beschäftigt mit dem neuen Fall.

„Die Sache mit der Bürgschaft scheint eine neue Variante zu sein“, überlegte Luisa. „Früher wusste man, wenn jemand vorgibt, die Frau heiraten zu wollen, aber eigentlich nur ihre Konten räumen will, das ist ein Heiratsschwindler. Offensichtlich haben das einige Frauen endlich auch begriffen.“

„Also haben die Betrüger ihre Methode verändert, harmloser aussehen lassen. Kriegen sie eigentlich die Kreditsumme so schnell direkt ausgezahlt?“

„Vermutlich ja“, bestätigte Luisa. „Es macht mich sowas von wütend, wie einfach es Betrügern gemacht wird und die Frauen schämen sich und zahlen lieber stillschweigend die Schulden.“

Als Laura ihr Haus betrat und ihre Urenkel kichern hörte, vergaß sie ihre Probleme und ihre Welt war wieder in Ordnung.

Bis Sophie sie fragend musterte. „Ein neuer Fall?“

Laura winkte ab. „Das macht mich nur wieder wütend.

Ein Heiratsschwindler und wieder mal Stellas Schwester.“

„Oh, die Arme. Und Stella spuckt Feuer, könnte ich mir vorstellen. Ist er schon festgenommen?“

Laura grinste. Endlich konnte sie Sophie auch mal überraschen.

„Man kann ihn nicht festnehmen, weil es ihn nicht gibt!

Keine Arbeitsstelle, keine Sozialversicherungsnummer, nur eine Scheinadresse und sonst nichts.“

„Aber sie hat ihn angezeigt, sonst wüsstest du das nicht.“

„Stimmt. Stella war von dem Beamten sehr begeistert und was er über diese hirnlosen Frauen geäußert hat.“

Jetzt lachte Sophie herzhaft. „Wenn ich mich all zu sehr täusche, haben sie den bärbeißigen Knut erwischt. Der war schon im Betrugsdezernat, als ich noch bei der Truppe war. Das wird ein Spaß! Wenn ich helfen kann, sag mir Bescheid.“

Am nächsten Tag waren Laura und Luisa unterwegs zu Maja in die *Weiberwirtschaft.*

 Laura mochte dieses kleine Einkaufszentrum, in dem alle Geschäfte von Frauen geführt wurden sehr gerne. Und es war zu einem großen Anteil den Krimifrauen und den *Kleinen Detektiven* zu verdanken, dass es vor einem Jahr vor einem gierigen Investor gerettet werden konnte.

Luisa, die bisher nur in der Buchhandlung zu einer Lesung von Emilia war, schaute staunend auf diesen Innenhof, der trotz winterlichem Wetter und vorweihnachtlicher Dekoration, mit seinen Treppenhäusern und Bogengängen immer noch ein wenig italienisch aussah. Der typische Mühlenradbrunnen war samt dem oben sitzenden Drachen schon winterlich verpackt und sah jetzt aus, wie eine riesige Schneefrau mit einem großen Schlapphut.

Unzählige kleine Lämpchen erhellten den Platz und funkelten gegen die zunehmende Dämmerung an.

Auch Maja *Leseecke* war schon adventlich geschmückt und angenehm warm. Laura schaute sehnsüchtig nach den Bücherregalen, denn hier fand sie immer etwas Besonderes. Ein Blick zu Luisa bestätigte ihr, dass ihre Freundin ähnlich empfand.

Aber Maja erwartete sie schon in Judiths kleinem Café und winkte ihnen zu. Auch der berühmte Beerenkuchen war schon geordert und auf Laura wartete ihr geliebter Espresso, auf Luisa ein Cappuccino.

Maja hätte sich gerne vorbereitet, wusste aber nicht konkret, was die Krimifrauen von ihr erwarteten, also zögerte sie noch, bis Laura etwas mehr erklärte. „Wie ich bereits am Telefon angedeutet hatte, versuchen wir Frauen zu helfen, die von Victor Eskel, einem wirklich üblen Typen abgezockt werden. Sie haben Luna von ihm abgeraten, weshalb? Wussten Sie mehr über ihn?"

Maja zögerte immer noch, deshalb setzte Luisa nach. „Wir wissen über den Paar-TÜV Bescheid und finden Ihr Vorgehen toll!"

Erst jetzt lächelte Maja wirklich entspannt. „Ja, ich habe Luna abgeraten, denn dieser Mann passt nicht zu ihr. Dafür habe ich ein untrügliches Gefühl. Aber das war nicht der einzige Grund. Seit ich meine Kontaktbörse eingerichtet habe, melden sich neben vielen einsamen Frauen auch Männer, bei denen ich kein gutes Gefühl habe. Ich lade die Bewerber meist in Gruppen zu einem ersten Kontakt ein und entscheide dann, wer in meine Datei passt. Die Männer, die ich dem Typ Jäger und Sammler zuordne, lasse ich von Ben überprüfen.“

„Sie meinen unseren Ben von den *Kleinen Detektiven,* meinen angenommenen Enkel?“ Luisa war total überrascht, aber Maja nickte lächelnd.

„Genau der. Ben und Noddy haben eine Art Gesichter-Erkennungsprogramm gebastelt, zwar nur für die sozialen Netzwerke, aber das reicht aus. Wenn ich dann den „einsamen“ Mann im Arm von fünf unterschiedlichen Frauen sehe, lehne ich ihn ab. Bei Victor war das auch so.“

„Das ist echt genial, was diese Kids drauf haben“, rief Laura. „Ich rufe Ben nachher gleich an, die Fotos könnten interessant werden und uns helfen, weitere Frauen zu finden. Und für das Observieren brauchen wir die Kids wahrscheinlich auch. Ist Ihnen sonst noch etwas an dem Mann aufgefallen?“

Maja überlegte nur kurz. „Er sieht wirklich gut aus, wenn man diese Womanizer-Typen mag. Und er scheint ziemlich eitel zu sein, denn er schminkt sich, zumindest benutzt er eine Grundierung und Concealer. Vielleicht hat er aber auch nur Pickel, die er abdeckt.“

„Das ist sehr interessant“, schloss Laura das Gespräch und machte sich innerlich eine Notiz. Sie müssten unbedingt einen Gegenstand finden, der Victor gehört hatte, dann könnte ihnen Sophie mit ihrer besonderen Fähigkeit weiterhelfen. „Vielen Dank, Maja, dass Sie sich die Zeit genommen haben.“

„Keine Ursache“, lachte Maja. „Wie ist es, wollen Sie sich meine

Kontaktbörse mal ansehen? Ich könnte mir vorstellen, dass ich höchst interessante Bekanntschaften für Sie vermitteln könnte. Sie wissen bei mir beruht die Auswahl auf Hobbys und Interessen, ich habe auch einige Krimi-Liebhaber in meiner Datei."
Laura sah Luisa zweifelnd an, aber die grinste nur und nickte. „Nur zu, wir sind interessiert."

Am folgenden Tag kam Emilia vorbei, um sich mit Laura zu beraten. „Ich habe gestern mit Luna und telefonisch auch mit den zwei anderen Frauen gesprochen. Bis jetzt ist das alles nicht sehr ergiebig. Jede hat Victor bei einer anderen Veranstaltung kennengelernt, aber irgendwie sind sie sich ähnlich. Er scheint einen Spürsinn für Frauen zu haben, die er manipulieren kann.
Luna ist von den Frauen die einzige mit einer Bürgschaft, die anderen haben ihm zwischen 15.000 und 25.000 Euro anvertraut, natürlich nur für „lebensnotwendige" Anliegen."
Emilias Gesichtsausdruck machte deutlich, was sie davon hielt.
„Am liebsten hätte ich die Augen verdreht und gebetet *Herr, lass Hirn regnen!"*
Laura lachte. „Da hast du recht, aber irgendwie kann ich auch nachvollziehen, was diese Frauen bewegt, so zu handeln. Und Luna hat wirklich viel Pech gehabt."
Emilia nickte. „Sie arbeitet in einem Zahntechnik-Labor. Dort kann sie auch niemanden kennen lernen, also hat sie wenig Erfahrung im

Umgang mit Männern. Da ich den Reiz von Victor nicht nachvollziehen konnte, hat sie mir erklärt, er habe sie unbeschreiblich verwöhnt. Auf einmal schien das Leben Dinge für sie bereit zu halten, die sie nicht mehr erwartet hätte. Sie habe ihm nur helfen wollen und geglaubt, dass die Bürgschaft bei der Bank nur eine Formalität sei."

Laura nickte. „Wenn sie das vor Gericht auch so erklärt, gibt es bestimmt mehr Verständnis, als bei dem bärbeißigen Knut."

„Du weißt, wie Stella über sie denkt", setzte Emilia fort. „Mir hat sie wirklich auch leid getan. Sie sucht doch nur etwas, was alle Frauen wollen.

Außerdem habe ich ein Foto von ihr mit diesem Widerling mitgebracht und auch die Telefonnummern der beiden anderen Frauen, falls wir sie noch brauchen sollten."

Laura betrachtete interessiert das Foto. Irgendetwas störte sie, deshalb suchte sie nach den Aufnahmen, die Ben bereits geschickt hatte und breitete sie auf dem Tisch aus.

Gemeinsam beugten sie sich über die Schnappschüsse von unterschiedlichen Situationen. Laura holte sogar eine Lupe, um genauer vergleichen zu können.

„Siehst du, er verändert ständig etwas an sich. Hier trägt er einen Schnauzbart, hier eine Brille. Auf diesem Foto gibt es weder Bart noch Brille, aber eine völlig andere Haarfrisur. Maja hat ihn im Verdacht, dass er sich schminkt oder irgendetwas abdeckt."

„Da könnte sie recht haben", murmelte Emilia, während sie versuchte diese Neigung psychologisch einzuordnen.

„Dieser Mann scheint eine Menge zu verbergen. Er trägt sein Äußeres wie eine Maske vor sich her. Das ist das, was wir sehen sollen. In Wirklichkeit ist er aber ganz anders. Vielleicht kann Sophie mit ihrer speziellen Fähigkeit noch etwas herausfinden, ich habe eine seiner Krawatten von Luna mitgebracht. Erstaunlicherweise hat er bei jeder der Frauen gründlich ausgeräumt und nichts zurückgelassen, bis auf diese Krawatte, die im Schrank nach unten gerutscht war."

Mit diesen Worten zog sie vorsichtig eine dezent königsblau-silbern gemusterte Krawatte aus einer Tüte. Laura betrachtete sie mit anerkennendem Blick. „Geschmack scheint er zu haben."

Dann rief sie nach Sophie, die zwar im Nebenzimmer war, aber das meiste schon gehört hatte.

Sie nahm das seidige Material in die Hand und schloss die Augen. Als sie sie wieder öffnete, wirkte sie etwas irritiert.

„Geht es um einen Mann oder zwei? Einer trägt einen Bart, der andere nicht. Einer ist sehr elegant, der andere eher unauffällig. Eine gewisse Ähnlichkeit ist vorhanden, sind das Brüder?

Sie horten Geld, viele Scheine hinter einer Fensterscheibe. Ich weiß, dass das total irre klingt, aber das ist das, was ich sehe.

Und noch einen Namen, Gerhard, keine Ahnung, ob das ein Vor- oder Zuname ist."

Als Laura jetzt wieder die Fotos ausbreitete, die sie vorher versteckt hatte, schaute Sophie nur kurz darüber. „Ja, das ist der Elegantere, den anderen sehe ich nicht."

Laura und Emilia sahen sich ratlos an. Se hatten schon einige Fakten gesammelt, aber je mehr sie erfuhren, umso verworrener wurde das Ganze. Dieser Fall schien sich wirklich völlig anders zu entwickeln, als alle anderen, die sie bisher aufklären konnten.

„Wir dürfen noch nicht aufgeben. Ich weiß, es fehlt noch irgendetwas Entscheidendes, aber…"

„Und genau dieses Irgendwas kann dazu führen, dass er uns entwischt", lachte Emilia.

Laura nickte nur. „Hoffentlich nicht! Es gibt heute Abend eine solche Veranstaltung, ich schätze, dass er hingeht, denn inzwischen kann er die Bürgschaftsnummer nicht mehr abziehen. Jetzt braucht er wieder Bargeld. Claire und Luisa werden hingehen und ihm dann auf dem Heimweg folgen. Wir halten uns trotzdem für Sonntag in Bereitschaft."

So war es geplant, aber so fand es leider nicht statt, wie Luisa völlig deprimiert am nächsten Morgen berichtete. „Wir haben Victor gesehen, er hat sich intensiv um eine jüngere Frau bemüht, ist dann aber doch alleine gegangen. Claire und ich sind unauffällig hinter ihm her. Als er dann in das kleine Kaufhaus in der gleichen Straße ging, haben wir davor gewartet. Wir haben uns fast den Hintern abgefroren, aber er ist nicht wieder herausgekommen.“

„Gibt es einen zweiten Ausgang?“

„Nicht dass ich wüsste, aber vielleicht hinten, wo die Anlieferungen erfolgen. Aber ich hatte nicht den Eindruck, dass der uns überhaupt wahrgenommen oder sich verfolgt gefühlt hätte.“

Laura überlegte fieberhaft, während Luisa noch wie ein Häufchen Unglück vor ihr saß.

„Schau dir noch mal die Fotos an. Könnte es sein, dass er sich umgezogen oder anders verändert hat?“

Luisa zuckte nur mit den Schultern. „Macht nichts“, tröstete Laura. „Morgen gibt es zwei Speed Datings für fortgeschrittene Singles am Nachmittag, da können wir die Kids einbeziehen. Emilia mit Fritzi geht zum ersten Dating und ich mit Sporty zu dem, das eine halbe Stunde später beginnt.“

Am nächsten Tag schien es noch kälter zu sein. Laura verwünschte sich schon auf dem Weg zum Treffpunkt, dass sie ihre eleganten Absatzschuhe angezogen hatte, denn an einigen Stellen war die Nässe bereits überfroren und gefährlich glatt. Sporty war besser vorbereitet. Er hatte seine dicke, gelbe Pudelmütze über die Ohren gezogen und winkte seiner Schwester zu, die sich gerade mit Emilia näherte. Genau in dem Moment betrat Victor Eskel die Gaststätte hinter ihnen, ohne sie auch nur eines Blickes zu würdigen.

Er trug einen offenen blauen Mantel über einem hellgrauen Anzug und sonderbarerweise hellgraue Turnschuhe mit blauen Streifen, die Sporty ganz verzückt betrachtete.

„Er ist drin", rief er seiner Schwester zu. „Ich habe gewonnen! Wir haben nämlich gewettet", erklärte er den anderen.

„Na und", grinste Fritzi, die ihre Hündin Perla an der Leine hatte.

„Entscheidend ist, wer zuerst seine Adresse heraus bekommt."

„Da hast du absolut recht", lachte Laura und begrüßte die Ankommenden.

„Ich habe Felix Bescheid gesagt, er fährt hier in der Nähe Streife. Wenn wir genau wissen, wo Eskel wohnt, könnten wir dann auch gleich die Sache abschließen. Schließlich drängt die Zeit."

Obwohl sie eigentlich mit einer längeren Wartezeit gerechnet hatten, verließ Victor die Gaststätte schon nach 20 Minuten.

Sie folgten ihm langsam die Straße hinunter, bis er plötzlich wieder in dem kleinen Kaufhaus verschwand, das am ersten Adventsonntag geöffnet hatte.

Während Laura und Emilia noch überlegten, ob sie den Hinterausgang prüfen sollten, zupfte sie Sporty am Ärmel.

„Da ist er, er geht weiter. Schnell!"

Da der Mann, den Laura gar nicht wahrgenommen hatte, ziemlich forsch lief, hätten sie fast rennen müssen. Aber nicht mit diesen Schuhen!

„Rennt ihr hinterher, wir folgen langsamer." Die Kinder stoben samt Hund davon. Weil auch Emilia bei den Schuhen mehr auf

Schick als Zweckmäßigkeit gesetzt hatte, bemühten sich beide, nicht auszurutschen und dennoch vorwärts zu kommen.

Plötzlich klingelte Lauras Handy. „Oma Laura, ihr müsst in die Körnergasse einbiegen. Wir haben ihn, er wohnt ganz hinten in der 44, auf dem Klingelschild steht Scheuermann. Ich beobachte den Vordereingang und Fritzi ist mit Perla hinten, falls er abhauen will.“

Mittlerweile hatten die Frauen heil, die Körnergasse erreicht und Laura informierte Felix, als ihr noch etwas einfiel. „Eigentlich können wir ihn gar nicht identifizieren. Emilia, kannst du Luna anrufen? Wir brauchen sie hier.“

Während die beiden Frauen anschließend mit Felix und seinem Kollegen das weitere Vorgehen berieten, kam Luna, die in der Nä-he wohnte, angerannt und brachte noch zwei Frauen mit.

Eine Rothaarige, die schon ziemlich aufgebracht wirkte und eine stämmige Brünette. „Das sind Claudia und Hella, sie waren gerade bei mir. Und ihr habt den Mistkerl wirklich gefunden?“

Laura und Emilia nickten eifrig. „Die Kids bewachen das Haus, bis wir da sind und ihr müsst ihn dann als den identifizieren, der euer Geld genommen hat.“

„Mit Vergnügen“, versicherte Luna, die die gleiche rote Mähne hatte, wie ihre Schwester. „Kommt Mädels, machen wir ihn fertig!“

Als Felix an der Haustür der Nummer 44 klingelte, öffnete ein Mann mit schütteren Haaren, einem graubraunen Vollbart und einer einfachen Nickelbrille.

Laura und Emilia sahen sich überrascht an. Das sollte der Mann sein, der Frauen um den Finger wickeln konnte? Oder hatten sie doch etwas verwechselt?

Die drei Frauen reagierten jedoch völlig anders und drängten den Mann in den Hausflur zurück.

Luna schenkte ihm ein Lächeln, das glühende Lava hätte gefrieren lassen können. „Du glaubst doch nicht, dass dich dieser Bart unkenntlich macht. Wir wissen, wer du bist, Victor. Ein mieser Gauner!"

Claudia kam auch etwas näher, schnupperte kurz, riss dann mit einem Ruck den Bart ab und mit einem Blick, als habe er ihr gerade auf die Schuhe gespuckt, ließ sie das Teil fallen.

„Du bist entlarvt, Victor Eskel und nur noch jämmerlich!"

Hella hatte die Hände in die Hüften gestemmt und schüttelte tadelnd den Kopf. „Sieh an, der gute Victor! Wolltest du nicht die Welt retten? Oder wenigstens die kranken Kinder? Wolltest du nicht dafür mein Geld haben?"

Eskel gab sich alle Mühe und starrte die Frau an, als habe er sie noch nie gesehen. „Ich kenne Sie überhaupt nicht, also legen sie mir keine Worte in den Mund."

„Ach nein? Ich zweifle auch daran, ob ich dich je gekannt habe, vermutlich bist du gerade unter einem Müllhaufen hervorgekrochen. Und wie könnte ich dir noch etwas in den Mund legen, bei all den Lügen ist doch gar kein Platz mehr!“

„Gib dir keine Mühe mehr, Victor“, übernahm wieder Luna.

„Wir sind inzwischen sieben Frauen, die dich angezeigt haben. Du wirst viel Zeit haben darüber nachzudenken, wie sehr du uns Frauen unterschätzt hast.“

„Ich denke, das genügt.“ Felix schob die Frauen zur Seite und nahm Eskel/Scheuermann unter dem Beifall der Frauen fest.

Doch ehe er die rechtliche Belehrung beendet hatte, meldete sich eine Stimme aus dem Hintergrund. „Den übernehme ich jetzt!“

Der bärbeißige Knut führte den Mann ohne weitere Diskussionen ab.

Als er an Laura und Emilia vorbeikam, raunte er ihnen zu. „Chapeau, meine Damen, das war gekonnt!“

Grinsend tippte er sich an die Schläfe und verließ das Haus.

Als auch Felix gehen wollte, hielt ihn Laura zurück. „Wir brauchen noch das Geld.“

„Aber ich kann doch keine Durchsuchung machen ohne…“

„Musst du doch auch nicht“, unterbrach ihn Laura eifrig.

„Sophie hat gesagt, das Geld sei hinter einer Fensterscheibe. Könntest du einfach mal zufällig dieses blinde Fenster öffnen?“

Vor dem Fenster saß Perla, seit sie mit Fritzi ins Haus gekommen war und schaute ihn treuherzig an. Felix, der die Fähigkeiten der kleinen Hündin gut kannte, riss mit einem Ruck das abgedunkelte Fenster auf.

Sofort fielen ihm so viele Banknotenbündel entgegen, dass Laura, Emilia und die Kids jubelten. Unter den wachsamen Augen der betrogenen Frauen zählten sie mehr als 260.000 Euro, die zunächst konfisziert wurde.

 Auch auf dem Heimweg kamen die Krimifrauen und die Kids noch lange nicht zur Ruhe. Sie hatten sich jubelnd abgeklatscht, die anderen über das tolle Ergebnis informiert und sich gefreut wie Bolle, dass die Klugheit der Frauen wieder einmal gesiegt hatte. Offen blieb nur eine Frage.

„Also für mich sah dieser Mann völlig anders aus, ihn hätte ich nie als Eskel wiedererkannt. Wie konntest du so schnell am Kaufhaus wissen, dass er es wirklich ist?"

Laura wandte sich an Sporty, der die Verfolgungsjagd in Gang gesetzt hatte. Der sah sie nur verständnislos an. „Wieso denn nicht? Er hatte doch noch immer die gleichen Turnschuhe an. Die wünsche ich mir auch."

„Gut beobachtet, Sherlock Holmes", lachte Laura. „Manchmal werden große Siege erst durch ganz einfache Dinge möglich."

Als sich die Krimifrauen am folgenden Mittwoch wieder trafen, war der Jubel über den Sieg der Gerechtigkeit immer noch groß. Mittlerweile war auch der Name des Mannes bekannt, der die Frauen als Victor Eskel betrogen hatte. „Als Gerhard Scheuermann und mit dem ungepflegten Äußeren, hätte ihn keine Frau zweimal angesehen", erzählte Laura den staunenden Zuhörerinnen.

„Er hat den Ausweis eines Freundes benutzt, der nach Südamerika gegangen ist", ergänzte Emilia. "Mit diesen zwei Identitäten wollte er schnell reich werden und dann ebenfalls auswandern. Sparen oder Lotto spielen fand er zu mühsam und mit den freigebigen Frauen habe er doch auch viel mehr Spaß gehabt, sagt er jedenfalls."

„Gut, dass er jetzt sitzt, sonst hätte ich ihn persönlich erschlagen", grollte Stella, grinste dann aber sehr zufrieden Laura an, die fortsetzte..

„Wir haben es wieder mal geschafft und sind dabei sogar von der Polizei gelobt worden. So kann es weitergehen, aber jetzt genießen wir erstmal den zweiten Advent, den ersten habe ich verpasst."
Damit verabschiedete Laura die Krimifrauen. Im allgemeinen Aufbruch, beugte sich Emilia zu ihr und flüsterte. „Ich habe gestern Luna auf dem Weihnachtsmarkt gesehen, mit Fritzi und Sporty."
„Ja, das hat sie mir gesagt."
 Jetzt grinste Emilia. „Und weißt du, wer noch dabei war? Der bärbeißige Knut. Das wird spannend!"

Das verschollene Brevier

Laura Graf ertappte sich dabei, wie sie morgens im Bad vor sich hin summte. Sie musterte sich erstaunt im Spiegel.

So was hatte sie doch noch nie gemacht. Na ja früher vielleicht, wenn sie verliebt war.

Aber jetzt doch nicht mehr, mit fast siebzig! Obwohl ihr Herz wirklich heftiger schlug, wenn sie sich mit Markus traf.

Anfangs war das alles nur ein großer Spaß gewesen, als ihnen Maja von der *Weiberwirtschaft* vorschlug, ihre Kontaktbörse auszuprobieren. Und Luisa, Lauras Freundin aus Kindertagen, hatte forsch geantwortet: „Nur zu, wir sind interessiert."

Damals fühlte sich Laura aber ganz und gar nicht so!

Seit ihr Mann viel zu früh verstorben war und ein fürchterlicher Unfall ihr den Sohn und die Schwiegertochter genommen hatte, war sie nur auf ihre Enkelin Sophie konzentriert gewesen. Zwar war die jetzt selbst verheiratet und hatte Zwillinge, aber da war Lauras Hilfe immer noch nötigt. Und wenn Sophie erst wieder als Privatdetektivin arbeiten würde, dann war Oma Laura auch gefragt. Außerdem waren da noch die Krimifrauen, die sich jeden Mittwoch trafen…, da war doch gar kein Platz für einen Mann!

Und doch war da etwas passiert, dass sie summen und manchmal sogar erröten ließ. Dabei dachte sie, die letzte Hitzewelle mit den

Wechseljahren abgehakt zu haben. Und dieser unwiderstehliche Drang ständig zu lächeln, der hatte sich festgesetzt, seit sie sich Anfang Januar zum ersten Mal in einem Café getroffen hatten. Da sie sich nicht sicher war, wählte sie eins, das möglichst weit entfernt war. Falls die Sache schief ging, konnte sie den Ort einfach meiden.

Laura erinnerte sich noch sehr gut an das erste Treffen. Maja hatte ihn als krimiinteressierten Schriftsachverständigen angekündigt und Laura stockte schon beim ersten Blick der Atem.
Eigentlich hatte sie einen eher schmal gebauten Gelehrtentyp erwartet, aber das war ja ein richtiger Kerl!
Und er sah auch noch sündhaft gut aus, wenig Haare zwar, aber gut durchtrainiert und ein leicht schelmisches Lächeln, eine Mischung aus Blacky Fuchsberger und Gunter Schoß, zwei Schauspieler, für die sie noch immer schwärmte.
Und dieser intensive Blick aus blaugrauen Augen, der sie regelrecht festhielt. Ihr Herz begann schon zu rasen, als er ihr die Hand reichte. Sie hatte kurz gezögert. Eigentlich wollte sie ihm nicht die Hand geben, nicht bei den Symptomen, die sie jetzt schon spürte.
Noch engerer Kontakt könnte am Ende zu Herzversagen, Stottern oder etwas noch Peinlicherem führen.
Sie hatte ihm dann doch die Hand gereicht und vielleicht damit auch ihr Herz verloren. Aber was machte das schon!

Sie war auf jeden Fall glücklich. Seit den ersten Treffen hatten sie schon einiges gemeinsam unternommen, waren zu Lesungen gegangen und Tanzen gewesen und sie kannte auch schon sein Schlafzimmer.

Langsam wurde es Zeit, Sophie und die Familie einzuweihen. Markus und sie wollten nicht zusammenziehen, aber sich öfter sehen und ein wichtiger Teil im Leben des anderen sein. Also müsste er auch von der Familie toleriert werden.

Sie holte tief Luft und stieß sie seufzend wieder aus. Luisa hatte es da viel leichter. Lukas, ebenfalls aus Majas Quelle, der früher in der Kriminaltechnik gearbeitet hatte, würde im nächsten Monat bei ihr einziehen. Ihre Tochter in Kanada hatte bereits ihren Segen dazu gegeben.

Als Sophie ihr Büro wieder in Besitz nahm, schien die Situation günstig. „Falls wir bei einem der nächsten Fälle Kriminaltechnik brauchen sollten, Luisa hat bei Maja Lukas kennengelernt, der hat früher bei der KTU gearbeitet."

Sophie, die vorher nur mit halbem Ohr zugehört hatte, wandte sich bei Majas Namen überrascht um, schließlich kannte sie deren Paar-TÜV aus eigener Erfahrung.

„Ihr wart bei Maja? Und sie hat Lucky Luke vermittelt. Das ist toll! Und wen hat sie für dich ausgesucht?"

Oma Laura blinzelte erstaunt. Sollte es so einfach sein? Sie lächelte spitzbübisch. „Etwas absolut Praktisches, einen Schriftsachverständigen. Aber ich mag ihn sehr, ich hoffe, ihr tut das auch."

„Ach Omi, ich freue mich für dich."

Sophie war aufgesprungen und hatte Laura stürmisch umarmt.

„Lade ihn ruhig ein, ich verspreche, dass ich kein ernsthaftes Gespräch mit ihm führen werde, um seine Absichten zu prüfen."

Am Abend, als sie sich an Felix ankuschelte, flüsterte sie. „Oma Laura hat sich verliebt, in einen Schriftsachverständigen. Wir können ihn demnächst begutachten. Aber weißt du, wer bald zu Luisa zieht? Lucky Luke, der Scherzkeks von der KTU."

Felix sah sie ganz ernst an, bevor er seinen Verdacht äußerte. „Hast du nicht auch manchmal das Gefühl, dass wir hier eine Außenstelle des Polizeipräsidiums aufmachen? Aber mir soll es recht sein, so wandern einige böse Jungs etwas früher in den Knast."

Ende Februar begann Felix seine Elternzeit und Sophie öffnete wieder ihre Agentur. Da sie einige Monate ausgesetzt hatte, kamen die Anfragen allerdings nur langsam. Als ihr Telefon klingelte, erwartete sie einen Klienten, aber dann kam alles ganz anders. Sophie ließ danach ihr Handy auf den kleinen Schreibtisch sinken und schüttelte leicht verwirrt den Kopf.

Oma Laura, die gerade auf der anderen Seite des Büros, Belege für die Steuererklärung sortierte, stand auf und betrachtete ihre Enkelin fragend. „Was hast du denn?"

Sophie schaute immer noch etwas desorientiert. „Das war Onkel Julian. Er möchte dass ich am kommenden Wochenende zu ihm nach Palma komme und ihm helfe. Er sagt, er würde mein Spürhund-Gen brauchen. Damit wäre ich doch schon als Kind erfolgreich gewesen. Ich weiß davon überhaupt nichts."

„Aber ich", lachte Oma Laura. „Es gab nichts, was du nicht gefunden hättest. Wenn ich meinen Schmuck verlegt hatte oder deine Eltern etwas Wichtiges vermissten, bist du einen Moment stehen geblieben und hast gesungen *Summ, summ, summ, Bienchen, summ herum.* Und schon war das Gesuchte im Handumdrehen gefunden."

Sophie schüttelte ungläubig den Kopf. „Wieso weiß ich davon nichts?"

„Vielleicht haben wir die Gabe nicht mehr beachtet, nachdem deine Eltern umgekommen sind. Ich habe mich auch jetzt erst daran erinnert. Aber bisher warst du ja als Privatdetektivin sowieso am erfolgreichsten, wenn du etwas finden musstest, oder?"

Sophie war immer noch perplex, aber eigentlich stimmte das, was Oma Laura sagte. Es war schon oft so gewesen, als würde sie von einem Gegenstand regelrecht angezogen.

Allerdings hatte sie dieses Gefühl schon lange nicht mehr gehabt. Immerhin war sie die erste Zeit nach der Geburt für ihre Babies da gewesen und Laurie und Leon hatten sie auch ausreichend gefordert. Aber jetzt hatte Felix, ihr Mann, seine Elternzeit angetreten und er machte sich so gut, dass sie ganz beruhigt, ihre Detektei wieder eröffnet hatte.

Natürlich würde sie gefährliche Situationen meiden, sie hatte schließlich Verantwortung.

Aber wenn Oma Laura recht hatte, dann könnte sie erfolgreich das fortsetzen, worin sie sich schon vorher einen guten Namen erworben hatte, die Wiederbeschaffung von wertvollen Dingen.

Aber wie sicher war diese Fähigkeit überhaupt? Sie überlegte, wie oft sie verschwundene, gestohlene oder geraubte Kostbarkeiten gefunden hatte. Würde das ausreichen, um Onkel Julian wirklich eine Hilfe zu sein?

Der Bruder ihrer Mutter war ihr Mentor für Antiquitäten aller Art gewesen, als sie begonnen hatte, sich auf die Suche nach wertvollen Dingen zu spezialisieren. Inzwischen lebte er eigentlich geruhsam bei einer reichen Witwe auf Mallorca.

Wenn er ihre Fähigkeit zum Aufspüren brauchte, schien es um etwas sehr Wichtiges und bestimmt auch Wertvolles zu gehen.

Ob sie dem gewachsen war?

Sophie war so in Gedanken versunken, dass sie aufschreckte, als Oma Laura zu schimpfen begann und die Blätter auf ihrem Schreibtisch hektisch umdrehte.

„Was ist denn?"

Oma Laura wühlte weiter in ihrem Schriftverkehr. „Ich hasse es, wenn ich etwas an einen Ort ablege, wo ich es garantiert wiederfinde und dann…dann habe ich den Ort vergessen. Ich hatte meine

Armbanduhr abgemacht, weil sie mich beim Sortieren stört und jetzt weiß ich nicht mehr, wo ich sie hingelegt habe. Es ist die kleine goldene, die ich so mag."

Sophie lächelte nachsichtig, stand auf und ging direkt zu dem großen Regal an der Frontseite. „Was machst du für eine Hektik, da liegt sie doch!"

Oma Laura strahlte, kam auf Sophie zu und umarmte sie erfreut. „Super! Das war ein kleiner Test, du kannst es also immer noch."

Sophie schüttelte tadelnd den Kopf. „Das stimmt zwar, aber trotzdem kann ich doch jetzt nicht einfach nach Palma fliegen und meine Babies allein lassen. Das geht auf keinen Fall!"

„Wie lange braucht dich denn Julian?"

Sophie, die zurück zum Schreibtisch gegangen war, sah auf ihre Unterlagen. „Er hat den Hinflug für Samstag und den Rückflug für Sonntagabend gebucht."

Laura stemmte energisch die Hände in die Hüften. „Und wo ist das Problem? Felix ist für die Kleinen da, ich bin da, Luisa hilft und die Kinder bestimmt auch. Du musst nicht mehr stillen, also kannst du ganz beruhigt fliegen und in Palma ist bestimmt schon Frühling. Du bist echt zu beneiden."

Sophie nickte nachdenklich. „Aber erst muss ich mit Felix reden."

Der grinste sie jedoch nur spitzbübisch an. „Sophie-Schatz, du weißt doch, dass ich alles für dich tun würde, Schwerter schwingen, Drachen töten und natürlich auch die Windeln wechseln. Du kannst ganz beruhigt fliegen, die Kleinen und ich, wir machen uns ein flottes Wochenende."

Und so trat Sophie trotz vieler Bedenken, am frühen Samstagvormittag aus dem Flughafen Son Sant Juan in die helle Frühlingssonne von Palma de Mallorca.

Zuhause lag noch Schnee und hier war es wirklich angenehm warm. Sophie war froh, dass sie die hellen Jeans gewählt hatte und die leichte blaue Jacke, die ihre Augenfarbe betonte.

Ihr Onkel Julian erwartete sie schon braungebrannt und strahlend.

„Hola, Sophie-Schatz, du siehst nicht nur hübsch aus, du bist heute wirklich meine Rettung! Es gibt da eine Sache, die unbedingt aufgeklärt werden muss, aber sie überschreitet meine Möglichkeiten. Ich erzähle dir alles genauer beim Essen, du hast bestimmt Hunger. Als Kind konntest du endlos essen"

Sophie verzog nur leicht den Mund. Warum nur mussten einen Erwachsene ausgerechnet an die Dinge aus der Kindheit erinnern, die man selbst gerne vergessen würde?

Dann bestaunte sie zunächst den schicken Sportwagen ihres Onkels oder gehörte er seiner Frau Freundin?

Danach bestaunte sie in dieser Reihenfolge die Sonne, das Meer, das man schon von der Küstenstraße sehen konnte, die Wärme und dieses Gefühl von Lässigkeit und Leichtigkeit, das die meisten Menschen befällt, wenn sie auf diese Insel kommen.

Nach einer exquisiten Fischmahlzeit, die sie mit Blick auf den kleinen Hafen Es Molinar eingenommen hatten, berichtete Onkel Julian von seinem Problem. „Mein Freund Joan ist der Direktor der größten Bank in der Stadt, mit Zahlungsverkehr, Geldanlagen und mehr Schließfächern, als du dir vorstellen kannst. Die Katalanen lieben die Sicherheit, die ihnen ein Bankschließfach gibt. Und in einem dieser Fächer hat Joans Bruder, der Anwalt ist, ein wertvolles Buch eingelagert. Joan hat es nur einmal gesehen und es schon durch die Goldauflagen als sehr wertvoll eingeschätzt."

„Aber du weißt mehr darüber?"

Sophie ließ sich gerne in den Bann seiner Geschichten ziehen, es war fast wie früher, als sie noch seine Schülerin war.

„Ich habe ein wenig nachgeforscht", setzte Onkel Julian fort. „Bei diesem Buch handelt es sich um ein seit Jahrzehnten verschollenes Brevier. Normalerweise ist das ein Stundenbuch, das die Texte für die Feier des Stundengebetes der römisch-katholischen Kirche enthält, aber nicht dieses. Es ist nicht nur wertvoll durch das Gold und auch einige Edelsteine, die den Einband schmücken, es ist sehr alt und seit langem auf dem Index.

Es wurde vermutlich 1535 von Kardinal Francisco de Quiñónez, dem Bischof von Coria, erarbeitet und war bekannt unter dem Namen Kreuzbrevier. Vielleicht waren zu viele spanische Eigenheiten enthalten oder andere Gründe zählten, jedenfalls gab es später eine revidierte Fassung und das Kreuzbrevier wurde verboten, was es natürlich besonders interessant macht."

„Und das ist jetzt verschwunden? " Sophie Tonfall war zu entnehmen, dass sie das kaum glauben konnte.

„Ja, der Bruder von Joan ist krank und liegt in der Klinik. Er befürchtet zu sterben und hat Joan gebeten, in seinem Schließfach nachzusehen, ob alles in Ordnung ist, weil das Brevier nach seinem Tod an die Kirche gehen soll. Joan hat das Ganze nicht so ernst genommen, weil sein Bruder ein fürchterlicher Hypochonder ist, hat aber dennoch nachgesehen und festgestellt, dass es nicht mehr da ist!"

„Und Banküberfall oder geheime Tunnel sind vermutlich ausgeschlossen, oder?"

„Es gab keinerlei Aktivitäten in diese Richtung, ich habe mir auch alle Händler und Hehler schon vorgenommen. Nichts, Nada." Julian seufzte und schüttelte schon fast mutlos den Kopf. „Es kann auch nicht aus der Bank gebracht worden sein, denn dann hätten die Scanner angeschlagen. Es gilt also nicht nur als verschollen, sondern ist jetzt wirklich verschwunden."

Sophie sah ihn nachdenklich an. „Aber du glaubst das nicht wirklich, oder? Wenn es nicht im Schließfach ist und nicht aus der Bank herausgebracht wurde, dann muss es noch in der Bank sein!"

Onkel Julian sah sie lächelnd an, immer noch stolz auf seine einstige Schülerin.

„Du hast es genau erfasst. Und jetzt kommst du ins Spiel!" Er sah auf seine Uhr. „Wir haben noch etwas Zeit. Joan möchte, dass wir der Sache erst nachgehen, wenn die letzten Kunden verschwunden sind. Also zeig mir erstmal alle neuen Aufnahmen von deinen Babies. Ich hoffe, sie zeigen schon bald Interesse an Antiquitäten und anderen Kostbarkeiten.“

Sophie lachte. „Das dauert sicher noch einige Zeit. Im Moment lieben sie Plüschtiere, obwohl sie auch ein antikes Mobile haben, das sie jedes Mal zum Mitsingen animiert.“

Sie war gut vorbereitet und zeigte eifrig einige Fotos und Videos, bis sie plötzlich gähnen musste. Onkel Julian reagierte sofort.

„Du bist seit heute früh unterwegs, lass uns einen gepflegten Kaffee trinken. Warst du schon mal im Can Joan de S'Aigo?“

Als Sophie nur den Kopf schüttelte, begann er zu schwärmen.

„Das Ca in der Altstadt gibt es schon seit dem 17. Jahrhundert und wenn du das nächste Mal in Palma ist, solltest du unbedingt wieder einen Besuch einplanen. Dunkles Mobiliar, alte Uhren, Lampen und diese Fliesen – man fühlt sich wie auf einer Zeitreise. Das Café ist berühmt für sein Eis und seine Ensaimadas.“

Sophie war es eigentlich gleichgültig, wofür das Café berühmt war, sie wollte nur durch das Gewirr der engen Gassen endlich ankommen. Als sie es schließlich geschafft hatten und starker Kaffee und duftender Mandelkuchen vor ihnen standen und sie sich angenehm überrascht umsah, befand sie, dass sich die Mühe doch gelohnt hatte.

Diese Adresse sollte ich mir wirklich merken, das wird Felix auch gefallen. Nachdem sie noch einige Fotos gemacht und die 5.Whatsapp nach Hause geschickt hatte, bewegten sie sich endlich in Richtung Bank.

Sophie, die Banken nur als Dienstleistung-Zentren betrachtete, war beeindruckt von der Pracht des edlen Jugendstil-Gebäudes.

Joan, der Direktor, schien etwas älter als ihr Onkel zu sein, aber seine sportliche Figur ließ ihn jünger erscheinen. Und er sprach Deutsch, was für Sophie noch wichtiger war, denn ihre Spanisch-Kenntnisse beschränkten sich auf die Bestellung von Tapas oder Wein. Joan schien über den Verlust des wertvollen Buches wirklich verzweifelt zu sein und beteuerte mehrfach, Sophie sei seine letzte Hoffnung.

Denn wenn er die Polizei einschalten müsse, sei das das Ende seiner Bank. Sie verstand ihn wirklich gut, fühlte sich aber durch seine schicksalhafte Prognose zusätzlich unter Druck gesetzt.

Sie sah Onkel Julian hilfesuchend an und er übernahm die Führung. „Ich schlage vor, dass wir in jeden Raum gehen, den diese Bank hat und wenn dort etwas ist, wird Sophie das Versteck finden."

Das war nicht die Unterstützung, die sie erwartet hatte, aber mittlerweile spürte sie auch etwas Neugier. Würde sich tatsächlich das geheimnisvolle Summen melden oder würde sie sich unheimlich blamieren?

Nachdem sie die 10 Büroräume durchsucht hatten, begann sie doch an sich zu zweifeln.

Als dann auch die Räume des Kundenverkehrs, die Toiletten und Abstellräume immer noch nichts ergaben, wäre sie am liebsten im Boden versunken.

Onkel Julian, der jetzt wirklich zu wissen schien, was sie brauchte, legte den Arm um ihre Schultern. „Kopf hoch, Sophie-Schatz! Das waren bis jetzt die unwichtigen Bereiche, die können wir jetzt ausschließen. Was nun kommt ist entscheidend. Wir gehen zu den Schließfächern."

Schon auf der Treppe, die ins Untergeschoss führte, verspürte Sophie das erste Summen. Als sie aber den Raum betraten, in dem sich die Schließfächer ganz besonderer Kunden befanden, war der Sog so stark, dass sie fast an die Metallwand geprallt wäre. Ohne einen Moment der Überlegung, ohne jeglichen Zweifel ging sie zu den Fächern und berührte die Nummer 7001.

„Das, was ihr sucht ist hier, genau hier." Erleichtert drehte sie sich um und ließ sich von Onkel Julian erfreut umarmen.

„Super Sophie-Schatz. Das war ganz großes Kino! Wem gehört dieses Schließfach?"

Er wandte sich an Joan, der schon auf seinem Tablet eifrig tippte.

Der zog irritiert die Augenbrauen zusammen und suchte weiter, allerdings mit wenig Erfolg.

„Dieses Schließfach gehört einem Mann, der zwar Kunde unserer Bank sein müsste, den ich aber nicht kenne. Eigentlich kenne ich alle Kunden." Ratlos sah er auf, als würde er ein zweites Wunder von Sophie erwarten.

„Wer hat denn das Fach vermietet? Oder haben mehrere Mitarbeiter Zugang?" Sophie schaute Onkel Julian anerkennend von der Seite an. Das kriminalistische Gen schien auch in der Familie zu liegen.

Joans Gesichtsausdruck wurde immer sorgenvoller, während er seine Unterlagen prüfte. „Normalerweise ist die Vermietung der Schließfächer in diesem Raum Chefsache, aber falls ich nicht da sein sollte, haben Xavier und Carlos die Schlüsselgewalt. Xavier kenne ich schon ewig, aber Carlos ist erst vor zwei Jahren aus Madrid gekommen. Wurde von oben empfohlen."

Seinem Gesichtsausdruck nach, schien das kein Vorzug zu sein, aber sicher auch noch kein Indiz für ein Fehlverhalten.

Joan schien etwas gefunden zu haben, was er nicht erwartet hatte, denn er stöhnte regelrecht auf.

„Das verstehe ich nicht, diese Vermietung trägt die Unterschrift von Xavier, aber er hat mir nie davon erzählt."

„Sind Sie sicher, dass es seine Unterschrift ist?" Sophie hatte sich neugierig über das Tablet gebeugt, aber Onkel Julian zog sie wieder zurück.

„Warum bestellst du nicht beide morgen hierher und wir reden mit ihnen? Vielleicht können wir bei der Klärung auch behilflich sein."

Joan nickte. „Ich rufe sie gleich an."

Aber Onkel Julian schüttelte den Kopf. „Vielleicht solltest du besser bis morgen früh warten. Sonst könnte heute Nacht noch etwas verloren gehen."

„Du hast recht, ich muss wie die Polizei denken."

Sophie kam nicht ganz mit. War das jetzt schon alles? „Aber warum öffnen Sie denn nicht einfach das Fach, um nachzusehen?"

Onkel Julian lächelte nachsichtig. „Sophie-Schatz, das habe ich auch schon einmal erklärt. Die Bank besitzt einen Schlüssel und der Kunde besitzt auch einen und nur wenn beide Schlüssel zugleich eingesetzt werden, öffnet sich das Schließfach."

Joan nickte zu dieser Erklärung und Sophie beschloss, etwas beschämt, die Männer machen zu lassen.

Sie hätte noch einige Ideen gehabt, aber morgen war auch noch ein Tag.

Nach einem langen, ungestörten Schlaf im Hotel war sie am nächsten Morgen voller Energie und neugierig darauf, wie sich dieser Fall entwickeln würde.

Im Gegensatz zu ihr, schien Joan keine gute Nacht gehabt zu haben, denn die Sorgenfalten auf seiner Stirn hatten zugenommen.

Onkel Julian und sie waren schon vor dem vereinbarten Termin in der Bank erschienen und gemeinsam erwarteten sie die zwei Mitarbeiter, so dass Sophie auch gleich erste Eindrücke sammeln konnte. Beide waren etwa Mitte Dreißig und gut aussehende südländische Typen, die bei Frauen sicher gut ankamen.

Irgendwie haben sie mehr Ähnlichkeiten als Unterschiede, überlegte Sophie.

Beide schienen beunruhigt darüber, zu dieser ungewöhnlichen Zeit zum Direktor vorgeladen zu sein. Sie schaute von einem zum anderen. Wem könnte man es zutrauen? Wer wäre kaltblütig genug für diesen Coup?

Während sie noch nachdachte, hatte Joan die Fakten dargelegt und konfrontierte Xavier mit seiner Unterschrift. Bevor er antwortete, zupfte Sophie Onkel Julian hilfesuchend am Ärmel und er übersetzte leise. Xavier warf nur einen kurzen Blick auf den Vertrag und die Unterschrift und antwortete völlig ruhig. „Der Name des Kunden ist mir völlig unbekannt und das ist auch nicht meine Unterschrift."

„Aber irgendjemand hat dieses Schließfach gemietet und auch dort etwas gelagert", rief Joan aufgebracht.

„Carlos, weißt du etwas darüber?" Carlos sah aus, als ob er mit seinem Chef mitleiden würde und war sehr hilfsbereit.

„Natürlich nicht", antwortete er beflissen. „Jeder der in diesem Bereich etwas erledigt, wird doch von den Überwachungskameras aufgezeichnet. Ich kann also sogar beweisen, dass ich das nicht war."

Sophie, die sah wie Onkel Julian Joan fragend anschaute und dieser verneinend den Kopf schüttelte. Also keinerlei Hilfe aus der Überwachung, aber vielleicht könnte sie noch mit etwas anderem helfen? Außerdem wäre sie gerne aus diesem Raum herausgekommen, in dem es äußerst penetrant roch.

„Gibt es nicht eine Notfallregelung, die bestimmt, wann man die Fächer ohne den zweiten Schlüssel öffnen darf? Wenn jemand verstirbt oder der Schlüssel gestohlen wurde oder etwas ähnliches?"

„Es gibt eine solche Regelung", erklärte Joan, der wieder etwas Hoffnung zu verspüren schien.

„Wenn wir die verfahrene Lage damit klären können, bin ich bereit, das Risiko auf mich zu nehmen. Denn sonst muss ich mich ganz oben verantworten." Der Gesichtsausdruck, mit dem er seinen Daumen nach oben zeigte, ließ sie wissen, wie schwierig das werden würde.

Sophie, die auf ihre zweite Fähigkeit setzte, nickte ihm sehr überzeugt zu, auch wenn sie selbst noch leichte Zweifel hatte.

Aber die verflogen, als Joan mit Onkel Julians Hilfe das Schließfach öffnete und sie aufforderte, den Inhalt heraus zu nehmen.

Sie schlug die Stoffumhüllung zur Seite, nahm das Brevier in ihre Hände und wartete einen Moment, bis sich die Bilder einstellten.

Diese Fähigkeit, den Menschen nachzuspüren, die einen wertvollen Gegenstand, manchmal auch nur vorübergehend, an sich gebracht hatten, hatte ihr schon oft geholfen.

Zunächst sah sie vor ihrem inneren Auge einige Figuren, die sie als kirchliche Würdenträger einstufte, dann einen Mann, der wie ein Kleinkrimineller aussah, einen weiteren Mann, der Joan ähnelte, aber älter war und dann wurde das Bild dunkler, dennoch konnte sie erkennen, dass der Mann den gleichen silbergrauen Anzug trug, wie einer der Anwesenden.

„Es war ziemlich dunkel", begann sie leise zu erklären, „als jemand dieses Buch in das Fach legte. Dieser Jemand trug einen silbergrauen Anzug und eine Krawatte mit einem Logo, über dem man eine Krone sieht. Ich glaube, dass es ein Abzeichen von Real Madrid ist. Es war heiß oder dem Mann war heiß, er tupfte mehrfach seine Stirn mit einem blauen Tuch und steckte es in die rechte Hosentasche. Als er das Fach geschlossen hatte, murmelte er so etwas wie *Dónde está la maldita caja de fusibles?*

Während drei Männer sprachlos lauschten, war Carlos wütend aufgesprungen. „Das ist eine Hexe! Wie kann sie das alles wissen, ich war doch alleine!"

Bevor er auf Sophie zustürmen konnte, hatten ihn Joan und Xavier überwältigt. Dennoch wütete er weiter und stieß Beschimpfungen aus, die Sophie zum Glück nicht verstand.

Erst als Carlos nach draußen gebracht wurde, nahm sie erleichtert wahr, dass die Luft jetzt besser wurde.

Während Joan und Xavier ihr Problem mit Carlos hinter verschlossenen Türen weiter klärten, warteten Sophie und Onkel Julian im Beratungszimmer des Direktors und stärkten sich mit Kaffee und kleinen Ensaimadas.

Onkel Julian war immer noch verblüfft. „Hast du noch mehr verborgene Fähigkeiten, Sophie-Schatz? Du wirst wirklich immer besser. Das Spürhund-Gen ist schon toll, aber was du da wahrgenommen hast, das toppt alles. Bloß gut, dass es keine Inquisition mehr gibt, denn das grenzt wirklich an Zauberei!"

Sophie grinste zufrieden. „Wenn sich nur alle Fälle so schnell lösen ließen! Diese Fähigkeit heißt Psychometrie, die habe ich von meinem Vater geerbt, sagt Oma Laura. Durch einen Zufall bin ich darauf gekommen, seitdem kann ich vieles einfach schneller aufklären. Aber eigentlich wollte ich nur möglichst schnell aus diesem Raum gelangen, es stank fürchterlich."

Onkel Julian sah sie überrascht an. „Hast du auch eine besondere Nase? Ich habe nichts gerochen. Aber das lässt ja noch hoffen. Für Joan kommst du jetzt schon gleich nach der heiligen Jungfrau."

„Da hast du völlig recht." Auch Joan grinste mehr als zufrieden. „Ich habe alles schon geregelt, ohne Aufsehen und ohne Verluste für die Bank. Carlos geht zurück nach Madrid, die Chefs ganz oben waren hoch erfreut über die schnelle Aufklärung. Ich bin Ihnen sehr dankbar, Señora Brunner, das war phänomenale Arbeit, die wir auch gebührend honorieren werden. Auf jeden Fall werde ich Ihre Visitenkarte in meiner Nähe behalten, falls es wieder ein solches Problem gibt."

Als Sophie mit Onkel Julian die Bank verließ, fühlte sie sich um vieles leichter, obwohl sie einen großen Korb mit mallorquinischen

Leckereien trug, den ihr der dankbare Joan neben dem Honorarscheck noch in die Hand gedrückt hatte.

Onkel Julian betrachtete sie stolz. „So stelle ich mir effiziente Ermittlungsarbeit vor. Und du hast das wirklich alles gesehen?"

Sophie lächelte. „Sogar noch eine ganze Menge mehr. Am Anfang gab es nur Mönche und höhere Würdenträger, dann einige Diebe und noch einen Mann, der wie Joan aussah, nur älter."

Onkel Julian hatte interessiert zugehört, während sie auf dem Weg zu seinem Auto waren. „Soviel ich weiß hat Joans Bruder das Brevier als Honorar von einem Einbrecher bekommen. Inzwischen betrachtete er das aber als große Sünde und deshalb sollte das Buch nach seinem Tod an die Kirche gehen. Weil der Vater von Carlos für einen Bischof arbeitet, hat er ausgerechnet ihm davon erzählt."

„Was ihm aber da oben bestimmt keine Pluspunkte einbringen wird", lachte Sophie.

Nachdem Julian die Autotür geöffnet und Sophie eingestiegen war, sah er sie fragend an. „Was machen wir jetzt? Hast du Lust auf eine Fahrt übers Land, um die Mandelblüte zu bestaunen? Oh, nein du Spielverderberin! Ich sehe es an deinem Blick, du willst früher fliegen."

Sophie nickte nur. Die Arbeit war erledigt, jetzt wollte sie nur noch eins, nach Hause zu ihren Babies und zu Felix.

Aber auf dem Weg zum Flughafen fiel ihr wieder ein, was sie unbedingt noch klären wollte. „Was hat der Mann eigentlich gesagt?

Dieser spanische Satz, den ich wiederholt habe."

Onkel Julian sah sie grinsend an. „Überhaupt nichts Weltbewegendes, aber damit war geklärt, wie er es gemacht hat. Der Satz lautet: *Wo ist der verdammte Sicherungskasten?*"

Sophie schüttelte nur den Kopf. „Deswegen waren meine Bilder auch so dunkel, so hat er verhindert, dass ihn die Kameras erfassen."

Noch im Flugzeug musste Sophie darüber lächeln, welche Wirkung dieser banale Satz ausgelöst hatte. Nach der Landung fand sie am Flughafen sofort ein Taxi und war schneller zuhause, als erwartet und denn dort rechnete auch noch niemand mit ihr.

Oma Laura, Markus und Felix hatten es sich mit den Zwillingen im großen Wohnzimmer bequem gemacht und tranken Kaffee. Nachdem sie Sophie begeistert begrüßt und sie ihre Babies ausgiebig geknuddelt hatte, lautete die erste Frage. „Und wie war's?"

Sophie lächelte nur. „Sehr erfolgreich. Ich habe einen wichtigen Satz auf Spanisch gelernt: *Dónde está la maldita caja de fusibles?*"

„Und was heißt das auf Deutsch", fragte Felix. „Wo ist der verdammte Sicherungskasten?", lachte Sophie und begann ihre Leckerbissen zu verteilen.

Die peinliche Rechnung

Der Himmel war grau und der Regen strömte seit Stunden.

Laura und ihre Freundin Luisa waren dennoch auf dem Weg zum *Café Schokohimmel* im alten Bahnhof.

Dort trafen sich jeden Mittwoch sieben krimibegeisterte Frauen, die gerne über neue Bücher diskutierten, aber noch lieber selbst solche Fälle aufgriffen, die ihrem Gerechtigkeitsempfinden widersprachen.

Das Wetter war Ende Februar sehr mild gewesen, dann aber noch einmal umgeschlagen und statt des erhofften Frühlings, gab es in der ersten Märzwoche wieder Schmuddelwetter.

Das schien den beiden jedoch wenig auszumachen, da sie immer noch auf Wolke 7 schwebten. Seit Maja von der *Weiberwirtschaft* die beiden mit zwei krimiversierten Herren zusammengebracht hatte, hielt dieser Zustand schon an und schien auch nicht abflauen zu wollen. Ihre Familien waren inzwischen informiert und mit der Verstärkung auch sehr einverstanden.

Nur bei den Krimifrauen hatten sich die beiden noch sehr bedeckt gezeigt. „Wir müssen heute Farbe bekennen. Wenn wir noch länger warten, verzeihen sie uns das nie.“

Luisa, die trotz des Wetters schon nach einem hellen Frühjahrskostüm gegriffen hatte, hakte sich wärmesuchend bei Laura unter und kuschelte sich unter den Schirm. Die nickte zwar, bremste aber noch. „Am besten warten wir erstmal ab. Wenn ich ihnen das neueste Abenteuer von Sophie auf Mallorca erzähle, sind sie abgelenkt." Luisa stimmte zwar zu, aber sie hatte schon so ein Gefühl, dass es ganz anders kommen könnte.

Zunächst begrüßten sich alle, wie immer sehr herzlich und genossen die angenehme Wärme im Café und das fantastische Angebot an Lettys Kuchenbufett.

Aber kaum waren die Kaffeetassen geleert, als sich Antonia, die ehemalige Krankenschwester, resolut zu Wort meldete.

„Ich war bei Maja. Das wollte ich schon lange, weil ich einfach nicht mehr alleine bleiben will. Sie hat mir tatsächlich jemanden vorgeschlagen, mit dem es sofort geklappt hat. Die Frau ist echt fantastisch! Und wen sehe ich da an der Pinnwand der glücklichen Paare? Laura und Luisa mit zwei Typen, die niemand kennt! Hier sitzen fünf krimierfahrene Frauen, was glaubt ihr denn, wie lange ihr so was vor uns geheim halten könnt?"

„Ihr habt euch wirklich vermitteln lassen? Warum habt ihr denn nichts gesagt?" „Müsst ihr die Männer verheimlichen, weil sie nicht vorzeigbar sind?"

Von allen Seiten prasselten Fragen auf die beiden ein. Laura machte ein gespielt strenges Gesicht und wandte sich an Luisa. „Sag mir noch mal kurz, wieso ich mich gefreut habe, diese neugierigen

Klatschbasen heute zu sehen?“

„Ich kann das auch nicht mehr nachvollziehen“, erwiderte Luisa tadelnd. „Wir könnten eigentlich ganz woanders sein und uns verwöhnen lassen.“

Etwas affektiert strich sie die Haare zurück, konnte aber kaum das Lachen zurückhalten. „Aber ihr hört doch jetzt bei uns nicht auf?“ Christiane, die ehemalige Lehrerin, klang ganz erschrocken.

„Auf keinen Fall“, erklärte Laura bestimmt und Luisa ergänzte grinsend. „Natürlich sehen beide toll aus und sind auch zum Vorzeigen, aber was noch wichtiger ist, sie können in Zukunft auch eine große Hilfe sein. Meiner hat früher in der kriminaltechnischen Untersuchung gearbeitet und Lauras Markus ist ein bekannter Schriftsachverständiger. Sie passen also auch in dieser Hinsicht ganz fantastisch zu uns.“

„Und dazu kann man euch nur gratulieren. Ich bewundere euren Mut und wünsche euch, dass sich alle eure Träume erfüllen.“ Die meisten nickten zustimmend zu Emilias herzlichen Worten. Nur Stella, die Witwe eines bekannten Malers musste noch nachhaken.

„Und wie weit seid ihr schon? Ich will Einzelheiten hören. Habt Mitleid mit den Frauen, die nicht so gut bedacht sind wie ihr.“ Aber Laura lächelte nur und schloss mit der Hand über ihren Lippen einen imaginären Reißverschluss. „Meine Lippen sind versiegelt. Malt euch das Tollste aus und es wird noch übertroffen.“

Aber Stella war damit noch nicht zufrieden. „Ich will ja nicht indiskret sein, aber wir sind alle nicht mehr Dreißig und mein Mann ist schon viele Jahre nicht mehr hier. Wie ist das jetzt? Sind in dem Alter noch alle Funktionen abrufbar? Ich meine technisch gesehen.“

In das erste Kichern der Frauen nach dieser geschraubten Anfrage, rief Antonia lachend. „Stella, diese Frage kann ich dir beantworten. Ich kenne meinen Achim zwar erst seit einigen Tagen, aber das weiß ich schon. Unter der Asche ist immer noch Glut und zwar eine ganze Menge!“

Alle lachten, bis sich Claire, die früher ein Reisebüro geleitet hatte, ziemlich verlegen zu Wort meldete. „Wenn wir schon bei allen möglichen Peinlichkeiten sind, kann mir jemand sagen, was *Flocco Purple* ist oder was man damit macht?“

Die meisten sahen sich fragend an, nur Stella grinste Claire an.

„Seit wann kaufst du denn in einem Sex-Shop ein? *Flocco Purple* ist Sex-Spielzeug. Nicht dass ich so etwas hätte, aber ich habe eine Bekannte, die die Website von so einem Versand betreut. Die zeigt mir immer die verrücktesten Sachen.“

Claire war das Ganze furchtbar peinlich, das sah man ihr auch an.

„Ich kaufe nicht in einem Sex-Shop ein, dann hätte ich ja gewusst, worum es sich handelt. Ich habe dafür eine Rechnung bekommen, natürlich dachte ich, dass es einfach ein Irrläufer sei. Als aber dann mit einem Inkassobüro gedroht wurde, habe ich die 65 Euro bezahlt. Ich verstehe zwar nicht, wieso ich für etwas zahlen soll, was ich weder bestellt noch bekommen habe, aber es war mir einfach zu peinlich, dort anzurufen."

„Könnte das eine neue Masche von einem Internetanbieter sein?" Laura versuchte sich an die Hintergründe heran zu tasten. „Hast du seitdem wieder Post bekommen?"

„Ja, aber nur Werbung. Und das ist schon peinlich genug, wenn ein Katalog von *Love Toys* aus meinem Briefkasten am Gartentor ragt."

„Eine Nachbarin hat mir neulich etwas Ähnliches erzählt." Christiane blätterte in ihrem Kalender. „Letzte Woche, sie hat keinen Sex-Shop erwähnt, aber dass sie für etwas zahlen soll, was sie gar nicht bekommen habe. Und von einem Inkassobüro hat sie auch gesprochen."

Laura, die einen neuen Fall witterte, orientierte ihre Truppen gleich. „Wir sollten uns umhören, ob so etwas schon öfter passiert ist."

Emilia, die ehemalige Psychologie-Dozentin, überlegte ebenfalls das weitere Vorgehen. „Den meisten Frauen wird das genauso peinlich sein, wie Claire. Und damit rechnen diese Leute auch. Sie bekommen das Geld oder die Ware und können ziemlich sicher sein, dass sie niemand wegen der Peinlichkeit anzeigt. Wenn wir also mit Frauen reden, und ich denke, dass es nur Frauen betrifft, dann müssen wir offensiv herangehen und gleich den Sex-Shop erwähnen. Das macht es den Angesprochenen leichter.“

„Und wir brauchen weitere Angaben, zum Beispiel die Wohngegend oder den Zustellbezirk oder wer dort Briefe oder Pakete ausliefert? Und Dringendes wie immer gleich an mich, alles andere besprechen wir nächste Woche.“ Damit schloss Laura die Zusammenkunft.

Nachdem sie wieder zuhause war, stürmte sie in Sophies Büro, die gerade wieder begonnen hatte, als Privatdetektivin zu arbeiten.

„Sophie-Schatz, wir haben einen neuen Fall! Ich wette, du errätst nicht, worum es geht. Stell dir vor, es werden Rechnungen verschickt, obwohl keine Ware geliefert wurde und die Kunden bezahlen trotzdem.“

Sophie sah Oma Laura an und krauste die Nase, wie immer, wenn sie die Antwort noch ein wenig hinaus zögern wollte.

„Ich nehme stark an, dass es um Dinge geht, die entweder geheim oder peinlich sind. Das ist es doch, oder?“

„Du bist wirklich ein Superspürhund“, lobte sie Laura und berichtete dann die Einzelheiten. Sophie gab ein Schlagwort in ihr Suchprogramm ein und zeigte Laura dann den Monitor.

„Diese riesige Übersicht sind bisher bekannte Varianten des Trickdiebstahls, vom Enkeltrick, dem Anrempeltrick, dem Gewinnspieltrick bis zum Datendiebstahl. Und jeden Tag kommen neue dazu. Falsche Rechnungen sind nur eine Möglichkeit von vielen. Wenn ihr Hilfe braucht, sag mir Bescheid.“

Noch während Laura das Abendessen vorbereitete, war sie beeindruckt von der enormen Vielfalt krimineller Energie. Wenn diese Leute ihre Intelligenz auf etwas Nützliches richten würden, wie weit könnte die Menschheit schon sein?

Wir hätten alle notwendigen Kapazitäten, um diverse Krankheiten zu heilen, das Klima zu retten oder vielleicht auch Zähne zum dritten Mal wachsen und Falten verschwinden zu lassen.

Laura musste beim letzten Gedanken über sich selbst lächeln.

Solche Ideen hatte sie erst, seit sie Markus kannte. Er war ihr einfach zur richtigen Zeit geschickt worden.

Damals, als sie als Direktorin des städtischen Museums in den Ruhestand gegangen war, hatte sie gewusst, dass sie eine Beschäftigung brauchen würde, die sie forderte. Die hatte sie bei ihrer Enkelin gefunden, um deren Buchhaltung sie sich kümmerte und natürlich bei den Krimifrauen. Damit fühlte sie sich lebendig, gebraucht und geistig ausreichend beansprucht.

Und die große 7 sah weniger bedrohlich aus.

Aber an ihrem siebzigsten Geburtstag in den Armen eines Mannes aufzuwachen, für den sie etwas ganz Besonderes war, ließ die Zahl bis zur Bedeutungslosigkeit schrumpfen.

Markus hatte sie schon am Abend vorher zu einem geheimen Ziel eingeladen. Mit Sophies Schminkhilfe und in ihrem neuen kleinen Schwarzen, hatte sie sich gut vorbereitet gefühlt. Als sie aber dann an Ort und Stelle waren, hatte ihr doch der Atem gestockt. Vom Fenster der Bar im 24.Stockwerk eines Hotels, konnte sie „ihr" Museum ganz deutlich sehen.

„Weißt du, wie oft ich dort in meinem Büro gesessen und geträumt habe, ich könnte hier oben sitzen und bestimmt nicht alleine?"

„Ich weiß", hatte Markus nur geantwortet und als sie ihn fragend ansah, nur „Sophie" geflüstert, da gerade das Programm begann.

Diese Überraschung hatte Markus in Lauras Augen definitiv zu einem möglichen Anwärter für eine Heiligsprechung gemacht.

Am nächsten Mittwoch ging es beim Treffen der Krimifrauen zu, wie in einem Bienenstock bei Hochsaison.

Die Frauen nahmen sich kaum ausreichend Zeit, um Lettys tolle Frauentags-Torte zu genießen. Aber schon kurz danach schlugen die Wellen der Empörung wieder derartig hoch, dass Laura die Lautstärke dämpfen musste.

„Ich hätte nie gedacht, wie viele Varianten von Trickdiebstahl es überhaupt gibt und mit welchen fiesen Methoden, vertrauensvolle Menschen abgezockt werden", begann Emilia. „Ich habe mit einer Frau gesprochen, die im Nachlass ihrer Mutter eine Rechnung von *Love Toys,* entdeckt hat, dem gleichen Sex-Versandshop wie bei Claire. Auch ihr war es furchtbar peinlich und deshalb hat sie gezahlt, allerdings über 500 Euro."

„Du meinst, da wäre ich noch gut weg gekommen", lachte Claire.

„Mir geht es schon besser, wenn ich höre, dass andere auch nicht cleverer waren. Ich habe zwei Frauen gefunden, die in meiner Nähe wohnen, ähnliche Rechnungen bekommen haben und genauso dusslig reagiert haben, wie ich auch."

Antonia hatte in ihren Unterlagen gekramt und meldete sich dann.

„Ich habe etwas Ähnliches gefunden, wic Emilia. Da ist cinc 90-jährige Frau gestorben und die Rechnung von dem Sex-Shop war noch höher, etwa 700 Euro. Auch hier haben die Erben anstandslos gezahlt. Ich habe alle Unterlagen mitgebracht, dabei habe ich gesehen, dass die Bestellung aufgegeben wurde, als die Frau schon zwei Tage tot war."

Sie schob die Unterlagen zu Laura. „Ehe ich es vergesse, Christiane hat mich angerufen, weil sie dich nicht erreicht hat, sie kommt etwas später."

Laura nahm das nickend zur Kenntnis, da Stella schon fortsetzte.

„Bei mir hat keiner mit diesem Sex-Shop Geld verloren, aber mit anderen Tricks, die wirklich schlimm sind.

Die Frau, die früher den Blumenladen in unserer Straße hatte, eigentlich eine toughe Frau ist auf eine hinterhältige Form des Enkeltricks reingefallen. Eine junge Frau hat sie im Namen ihres Enkels angerufen, er sei verletzt und brauche Geld. Natürlich hat sie sofort aufgelegt, weil sie nur eine Enkelin hat." Stella sah die zufrieden nickenden Frauen an.

„So hätte wahrscheinlich jede von uns reagiert. Aber der Hammer kommt noch. Kurze Zeit danach rief die Polizei an, sie hätten die Betrügerin im Visier, möchten sie aber bei der Geldübergabe festnehmen. Sie solle so viel Geld, wie sie im Haus habe, an die Frau übergeben und würde es dann wieder bekommen. Sie hat das geglaubt und wollte der Polizei helfen, die Widersprüche hat sie gar nicht bemerkt. Also hat sie einer jungen Frau das Geld gegeben und weg war es."

Auch Luisa war empört. „Die Findigkeit dieser Verbrecher wird immer schlimmer, zum Glück gibt es aber auch pfiffige alte Leute. Frau Abt, eine frühere Kollegin von mir ist 92. Sie wurde auch von einem angeblichen Enkel angerufen.

Und sie war ganz interessiert und hat ihn scheinheilig gefragt: *Welcher Enkel bist du denn, der von der Kripo oder der vom Militär?* Danach war Funkstille."

Das leichte Schmunzeln der Frauen entspannte die Stimmung ein wenig.

„Hoffentlich bin ich in dem Alter auch noch so schlagfertig", überlegte Laura. „Ich kenne ein ähnliches Beispiel, wo auch gut reagiert wurde. Eine alte Dame wurde öfter von Männern angerufen, die am Telefon stöhnen. Da soll man ja eine Trillerpfeife einsetzen, aber wer hat sowas schon ständig parat. Sie hat dann immer gesagt: *Könnten Sie bitte etwas lauter stöhnen, ich bin schwerhörig!*"

Jetzt lachten alle. „Aber zurück zu den peinlichen Rechnungen. Nach allem was wir bisher zusammengetragen haben, stellt sich

doch die erste unserer W-Fragen: WER profitiert davon?
Ist es der Sex-Shop, der einfach Rechnungen schreibt, ohne zu liefern oder steckt jemand ganz anderes dahinter?“
„Die Frage kann ich vielleicht gleich beantworten.“
Christiane war noch etwas außer Atem und orderte schnell ihre Bestellung, dann wandte sie sich den anderen Frauen zu.
„Ich hatte mit einer jungen Frau gesprochen, einer ehemaligen Schülerin. Ihre Großmutter ist leider dement und sie kümmert sich um sie. Bei ihr ist ebenfalls eine Rechnung angekommen, über 700 Euro und dabei hat die Frau nicht einmal Internet.“
„Das ist bei einigen auf unserer Liste auch so“, warf Laura ein.
„Julia, die Enkelin, weigert sich zu zahlen und hat Anzeige erstattet“, setzte Christiane fort.
„Und heute kam das erstaunliche Ergebnis, deshalb komme ich erst jetzt. Die Polizei hat es geprüft und dieser Sex-Shop konnte nachweisen, dass die Ware geliefert wurde. Das Dumme ist nur, dass die Polizei jetzt wieder glaubt, die Leute wollten nur nicht zugeben, diesen Quatsch bestellt zu haben. Deshalb möchte Julia Sophie beauftragen.“
Laura nickte und nahm die Unterlagen entgegen.
„Wenn tatsächlich geliefert wurde, dann bleiben doch nur noch die Zusteller als Verdächtige.“ Für Luisa war die Sache klar, aber Antonia winkte sofort ab. „Davor gibt es noch das Verteilerzentrum, wo die Sendungen sortiert werden. Aber darum könnte ich mich

kümmern. Nicht nur ihr habt Männer gefunden, die gute Tipps liefern können, mein Achim kann das auch, er hat früher dort gearbeitet. Ich treffe ihn nachher, dann informiere ich dich", rief sie Laura zu. Die nickte erneut. „Ich werde mir auch noch mal die Postbezirke ansehen und welche Zustell-Services dort am häufigsten liefern."

„Vielleicht kannst du auch auf der Seite von *Love Toys* feststellen, ob sie einen festen Zustell-Service haben", schlug Luisa vor.

Laura grinste. „Und du möchtest mir dabei über die Schultern schauen?"

Aber Luisa reagierte ganz gelassen. „Wenn ich dabei noch etwas lernen kann, warum nicht?"

Mit Sophies Hilfe schaute sich Laura am Abend den Weg eines Paketes vom Händler bis zum Empfänger genau an.

Ein Glück, dass es Internet gibt, dachte sie. Damit erspare ich mir, einer Menge Leute Fragen zu stellen. Obwohl sie alles genau prüften, mussten sie feststellen, dass die Strecke von den Logistikzentren bis zu den Umschlagplätzen und schließlich dem Zustellfahrzeug, kaum Möglichkeiten enthielt, Ware oder ein ganzes Paket verschwinden zu lassen, da einschließlich des Adressetiketts alles automatisch erfolgte. „Mag sein, dass es bei kleineren Händlern mehr Möglichkeiten gibt, aber hier sehe ich kaum eine Schwachstelle", fasste Laura zusammen.

Das bestätigte auch Antonias Anruf, die ihren Achim befragt hatte. Also blieben nur noch die Zusteller! Nach der Website von *Love Toys* arbeiteten sie mit zwei unterschiedlichen Liefer-Services zusammen. Alle beide waren bekannte und renommierte Firmen, aber schwarze Schafe gab es leider überall. Nur wie sollte man sie finden?

„ Uns muss etwas einfallen, was wir noch nie gemacht haben, meine anderen Fähigkeiten bringen hier leider nichts. Und diesen Auftrag würde ich höchst ungern wieder abgeben", erklärte Sophie.

Beide diskutierten gerade noch die wildesten Theorien, als Luisa klopfte. Hinter ihr schlüpfte Lukas in den Raum, nicht ganz sicher, ob er willkommen sei. Aber Sophie grinste nur breit und umarmte ihn. „Willkommen im Club, Lucky Luke! Hier bist du richtig. Felix kommt auch gleich, der wird sich freuen, dich zu sehen."

„Wir hatten eine Idee", begann Luisa."Hat sich Antonia schon gemeldet?" Laura nickte, während sie genügend Sitzgelegenheiten für alle zusammenschob.

„Sie hat bestätigt, dass es nur in der Zustellung passieren kann. Und wir wissen jetzt, dass es zwei Firmen gibt, aber nicht, bei welcher die schwarzen Schafe sind."

„Und genau da kommen wir ins Spiel", erklärte Lukas. „Wir schicken drei Fake-Sendungen an Adressen die bisher auch schon beliefert wurden, zum Beispiel an Claire oder Julias Großmutter und zur Sicherheit auch eins an Luisa. Die Pakete versehen wir mit Trackern, die wir dann nur noch verfolgen müssen.“

Sophie schaute noch einmal auf die Website des Händlers und grinste. „Das könnte klappen. Die haben ihren Sitz hier in der Stadt, wenn das Auslieferungslager auch hier ist, kann man von zwei Tagen Lieferzeit ausgehen. Solange hält die Technik. Aber wie willst du sie in die Pakete bringen, das geht doch nur mit Einverständnis des Händlers?“

„Und glaubst du nicht, dass die auch interessiert wären, die Sache aufzuklären. Du hast doch diesen Auftrag von Julia…“ Laura zögerte kurz, denn Sophie checkte schon die Adresse, nickte dann und wandte sich an Lukas.

„Aber du fährst morgen mit. Und dann erledigen wir das Ganze gleich komplett.“

Als Sophie am nächsten Tag gemeinsam mit Lukas von der Versandfirma zurückkam, sprühte sie vor Energie. „Wir haben eine konzertierte Aktion gemacht“, erzählte sie Laura, Luisa und Felix, die schon auf sie warteten.

„Die vom Versand waren sofort einverstanden. Das sind eigentlich ganz normale Leute, wenn man davon absieht, womit sie sich beschäftigen“, lachte sie.

„Du hast sie ja nicht nur überzeugt, du hast sie um den Finger gewickelt“, bestätigte Lukas lächelnd.

Sophie grinste vergnügt. „Und dann haben wir Nägel mit Köpfen gemacht. Achim hat uns die Information verschafft, dass in dieser Woche, die gleichen Fahrer Schicht haben, wie in der Woche, in der der Erhalt der Pakete bestätigt wurde."

„Die Tracker, die wir in die Pakete gegeben haben, sind verbunden mit zwei einfachen Handys, damit wir den Weg nachverfolgen können." Lukas lehnte sich zufrieden zurück und schob seinen Arm noch enger um Luisas Schulter.

„Du meinst, wir sollen einem Auto hinterher sprinten?" Laura klang ziemlich entsetzt. „Ich dachte wir warten gemütlich ab, welches Paket zugestellt wird und welches nicht."

„Wenn wir nicht hinterherfahren", erklärte Sophie geduldig, „dann kriegen wir auch nicht mit, wo die Ware ausgeladen wird. Außerdem fahren die Autos nicht so schnell und wir bekommen von Achim den Ablauf der Tour, das errechnet nämlich der Computer. Dadurch können wir uns abwechseln und fallen nicht so leicht auf."

„Freitag ist der erste mögliche Termin. Wenn wir da nichts erreichen, können uns die *Kleinen Detektive* am Samstag helfen. Ben hat schon angefragt und anschließend wollen er und Noddy mit Luke einen Wettkampf am Computer austragen. Fragt mich nicht womit und auch nicht wer mehr Begeisterungsschreie von sich gibt." Luisa lächelte in die Runde, aber dann wieder Luke an. Der nickte nur. „Die Burschen sind wirklich Klasse und haben

mehr Gespür für Technik, als mancher Erwachsener. Aber lasst uns erstmal diesen dreisten Dieb schnappen. Im Dezernat habe ich schon Bescheid gesagt, damit wir auch mit einer Streife rechnen können, Felix hat ja jetzt andere Aufgaben."
Dann beugte er sich über die schlafenden Babies. „Ich kann dich ja verstehen, die sind wirklich goldig."

Am folgenden Tag standen neben Sophie, sechs Krimifrauen auch noch Lukas und Achim an unterschiedlichen Stellen bereit, um den Lieferfahrzeugen zu folgen.
Ein Tracker hatte sich gemeldet, also musste im ersten Auto eines der Fake-Pakete sein. Die Aktion war kaum angelaufen und die Fahrrad-Truppe hatte nur das Gewerbegebiet verlassen, als das Auto schon in die Straße einbog, in der Claire wohnte.
Sie konnten gerade noch sehen, wie der Fahrer scharf bremste, das Paket in kühnem Schwung über das Gartentor warf und dann weiter brauste.
Verblüfft hielten Laura und Luisa, die ersten der Rad-Verfolger, an.
Claire kam aus dem Haus, trat ans Gartentor und zeigte ihnen das Paket. „Alles da, der war's offensichtlich nicht."
Etwas enttäuscht sammelten sich die anderen, die gar nicht zum Einsatz gekommen waren, wieder bei Sophie, von der sie die Ein-sätze für den nächsten Tag in Empfang nahmen.

Da es in der Nacht heftig geregnet hatte, war es am nächsten Morgen noch recht kühl. Trotzdem standen die kleinen Detektive als erste am Standort, um die Autos in Zweiergruppen zu verfolgen. Eigentlich waren sie darauf vorbereitet, sich zu trennen, denn jetzt gab es noch zwei Fake-Pakete. Aber das Signal meldete sich nur aus einem Fahrzeug, dem sie gemeinsam folgten. Schon nach kurzer Zeit erhielt Sophie die Nachricht, dass der Fahrer nicht bei Julias Großmutter angehalten hatte.

„Jetzt wird's spannend", murmelte sie und strich ihre schwarzen Locken hinter die Ohren. „Wenn er jetzt auch noch bei Luisa vorbeifährt haben wir ihn."

Beim Warten fiel ihr noch etwas ein, das sie schnell ausprobierte. Damit hatte sie sofort einen solchen Erfolg, dass sie triumphierend die Faust nach oben stieß. Dann schnappte sie ihr Handy und rannte ins Nebenhaus.

„Ich schätze, wir haben ihn", rief sie Lukas und Luisa entgegen. „Und ich kenne auch sein Motiv. Seht euch mal die Seite von *Sex Toys* an, da hat eine Frau einen Versand mit den gleichen Bezeichnungen für diese Spielzeuge, sogar die gleichen Artikelnummern, was ich ziemlich einfallslos finde. Hier steht ihre Adresse."

Lukas sah kurz auf die Notiz auf seinem Smartphone und grinste.

„Und du vermutest richtig. Dort wohnt auch der Fahrer, der jetzt unterwegs ist. Da brauchen wir nicht mehr zu warten, wir fahren hin."

Auf der Strecke hatten sich die *Kleinen Detektive* schon mehrfach mit den Krimifrauen und den Männern abgewechselt und langsam fing die Sache an langweilig zu werden. Nur Sporty war im Moment weniger an der Verfolgung des Autos interessiert, sondern mehr am Fahrrad von Markus. Oma Laura hatte ihm von dem neuen Mann in ihrem Leben erzählt und er hatte eigentlich einen klapprigen, alten Opa erwartet, aber Markus schien wirklich gut trainiert und fuhr auch ein Streethammer wie Sporty, obwohl er schon über siebzig war!

Deshalb musterte er ihn schon etwas weniger misstrauisch. Vielleicht hatte der ja auch noch einige Tipps zur Verfügung, die nützlich sein konnten. Man würde sehen.

Etwas mehr als eine Stunde vor Schichtschluss, bog der Fahrer von der vorgeschriebenen Route ab und fuhr in eins der neuen Wohngebiete, die am Stadtrand entstanden waren. Vor einem größeren Haus mit einem Pool im Garten, hielt er an. Sporty und Markus stoppten ebenfalls und schickten Sophie eine Whats app, dann informierten sie die anderen Verfolger. Unschlüssig, wie sie weiter vorgehen sollten, beobachteten sie, geschützt durch eine Hecke, wie der Fahrer zwei Pakete aus dem Fahrzeug nahm und zum Haus eilte.

Im Haus warteten schon Sophie und Lukas gemeinsam mit der ziemlich korpulenten Frau des Fahrers, die sie bereits mit den Fakten und Beweisen konfrontiert hatten. Die hatte sich wütend und ziemlich unflätig gegen die Anschuldigungen gewehrt und schließlich damit gedroht, die Polizei zu rufen.

Genau in dem Moment betrat der Fahrer das Haus und rief ziemlich laut: „Angie-Mäuschen, ich habe neue Ware. Ich wusste gar nicht, dass du schon wieder bestellt hast. Heute gleich zwei Pakete!"

Die fielen ihm jedoch prompt aus den Händen, als er den Wohnraum betrat und sah, dass sie nicht alleine waren.

„Oh du Blödkopf! Ich habe diese Leute fast überzeugt, dass wir unschuldig sind und du verrätst alles! Warum habe ich nicht auf meine Mutter gehört? Ich hätte ganz andere Männer haben können…"

Während die Frau noch zeterte, hatte Lukas die Streife gerufen, die schon in der Nähe gewartet hatte.

„Sollten wir nicht auch nach mehr Beweisen oder dem Geld suchen?" Sophie hatte es Lukas nur zugeraunt, aber die Frau drehte sich sofort empört um.

„Glauben Sie etwa, wir hätten hier Goldbarren gelagert?"

Sophie, die das untrügliche Summen schon länger spürte, das sich meldete, wenn etwas zu finden war, sah die Frau belustigt an.

„Genau das glaube ich." Sie war sich ziemlich sicher, dass etwas Ähnliches vorhanden sein musste, aber wie sollte sie das den Polizisten, die das Paar gerade festnahmen, erklären?

Deswegen schlug sie Lukas vor, die Kinder und den Hund zu holen. „Fritzis Hund Perla ist spezialisiert auf Schatzsuche.“

Fritzi und ihr Bruder Sporty kamen beide mit ihrem Hund in den Raum, aufgeregt und stolz darauf, bei der Festnahme dabei zu sein.

Die kleine Hündin Perla, die viele Rassen in sich vereinigte, aber einen superklugen Kopf hatte, drehte zwei Runden in dem großen Wohnraum und legte sich dann auf einen kleinen Teppich unter einem Beistelltisch. Dann bellte sie kurz und schaute Fritzi aus ihren treuen Hundeaugen an, wie um sicher zu gehen, dass sie alles richtig gemacht hätte.

Nachdem Lukas und Sophie Tisch und Teppich weggeräumt hatten, wurde eine Bodenklappe sichtbar, die Lukas sofort aufriss. Mit Sophies Taschenlampe bewaffnet, kletterte er die Leiter hinab und rief dann nach oben.

„Hier ist ein ganzes Warenlager, das nimmt ja kein Ende! Und ein kleiner Tresor, er ist offen. Es gibt tatsächlich Goldbarren, wer hätte das gedacht!“

Als er nach oben kam, hatte die Streife bereits das zuständige Dezernat informiert.

Sophie streichelte Perla und grinste. „Nennt man das nicht Freudscher Versprecher, was sich die Frau eben geleistet hat? Dass man mit dem Abzocken von Menschen derartig viel verdienen kann, hätte ich nicht gedacht. Aber jetzt sind ihnen erstmal die Hände gebunden.“

„Da hast du recht“, lachte Luke. „Im wahrsten Sinne des Wortes und hoffentlich noch sehr lange."

Noch am späten Nachmittag war die Feier der Krimifrauen und der kleinen Detektive zum erfolgreichen Ende der Verbrecherjagd in Sophies Büro und den angrenzenden Räumen in vollem Gang.
Claire hatte mehrere Bleche mit Obstkuchen gebacken und Markus sein Talent an der Kaffeemaschine bewiesen.
Für die Kids hatte Luisa heißen Kakao vorbereitet, mit dem sie sich aufwärmen konnten. Die Zwillinge schliefen friedlich, obwohl die Diskussionen noch ziemlich lautstark geführt wurden.
Die vielen Möglichkeiten für Trickdiebstahl und die unerschöpfliche kriminelle Energie wurden immer wieder angesprochen.
Aber am meisten freuten sich alle darüber, dass die Gerechtigkeit wieder einmal gesiegt hatte. Lukas, Markus und Achim saßen etwas abseits und grinsten sich in stillem Einverständnis an:
Mit diesen Frauen würde es garantiert nie langweilig werden!

Ein Fall von Erpressung

„Wir haben einen neuen Fall!"

Nach dieser lang erwarteten Ankündigung lehnte sich Laura Graf erst einmal zurück und beobachtete die Reaktion der anderen Frauen. Auch wenn sie sich jeden Mittwoch im *Café Schokohimmel* trafen, um über ihre geliebten Kriminalromane zu diskutieren, war ein echter Fall immer etwas Besonderes.

„Also Sophie hat natürlich diesen Fall und er ist ziemlich außergewöhnlich, jedenfalls hatten wir so etwas noch nie. Deshalb braucht sie auch unsere Hilfe."

Sie wartete noch einen Moment, bis die Inhaberin Letty, sie mit der aktuellen Feen-Torte versorgt hatte und blickte noch einmal nach rechts und links, um ungewollte Zuhörer auszuschließen.

Erst dann begann sie mit gesenkter Stimme zu berichten.

„Die Frau eines uns allen bekannten Politikers wird erpresst. Mit irgendeiner Jugendsünde, über die sie verständlicherweise mit niemandem gesprochen hat. Das versichert sie jedenfalls. Sie hat im ersten Schock bezahlt, hat aber jetzt Angst, dass sich die Forderungen ständig wiederholen werden. Wir haben bis jetzt noch keine konkreten Anhaltspunkte. Natürlich wirbelt Sophie schon und prüft den Hintergrund, schließlich gehören ja zu einer Sünde immer zwei."

„Ach die arme Frau", stellte Stella, die Witwe eines bekannten Malers verträumt fest und strich ihre roten Haare zurück, die sie heute in eine kühnen Außenrolle geföhnt hatte.

„Jeder sollte doch mindestens eine Jugendsünde haben, an die man sich gerne erinnert. Womit sollte man denn sonst später vor seinen Enkeln angeben?"

Christiane, die ehemalige Lehrerin, lachte. „Du meinst so ähnlich wie bei dem Publizisten Karl Kraus? Er hat die Mädchen eingeteilt, in die die gefallen sind und die, die nicht gefallen haben."

In das allgemeine Gelächter meldete sich Emilia, die früher als Psychologie-Dozentin arbeitete und jetzt Krimis schrieb.

„Hat diese Dame vielleicht zufällig eine Therapie gemacht?" Emilia klang, entgegen ihrer üblichen ruhigen Art, ziemlich aufgebracht.

„Es gibt hier im alten Bahnhof einen neuen Therapeuten." Ihre Zweifel an ihm bestärkte sie mit angedeuteten Anführungsstrichen.

„Er arbeitet ausschließlich mit Hypnose, angeblich nur um traumatische Erfahrungen zu verändern, aber ich habe von Kollegen gehört, dass einige Patientinnen nie wieder zu ihm gehen wollten. Möglicherweise gibt es da einen Zusammenhang."

„Du meinst, er versetzt sie in Trance, horcht sie aus und erpresst sie dann? Das wäre ja furchtbar!"

Claire, die früher ein Reisebüro hatte, war entsetzt. Die Vorstellung, die intimsten Geheimnisse jemandem anvertraut zu haben, der sie so schändlich ausnutzte, war ihr unerträglich.

„Da müssen wir unbedingt eingreifen!"

„Moment", wurde sie von Laura gestoppt. „Noch wissen wir viel zu wenig. Ich werde die Information an Sophie weiterleiten und wenn es einen Zusammenhang geben sollte, sehen wir weiter."

Aber Emilia war noch nicht ganz zufrieden.

„Für den Moment bin ich einverstanden, aber wenn an dieser Sache etwas dran ist, bin ich diejenige, die ihn reinlegt. Das bin ich meiner Zunft schuldig."

„Aber hast du denn keine Angst?" Luisa, die früher beim Amtsgericht tätig war, hatte schon einiges gesehen und erlebt, aber Hypnose war ihr einfach suspekt. „Man hört doch immer wieder von Menschen, die andere hypnotisieren und regelrecht willenlos machen?"

Emilia lachte und schüttelte vehement den Kopf.

„Im Film passiert das vielleicht oder in schlechten Krimis. In Wirklichkeit gibt es diesen Svengali-Effekt, also dass sich jemand einen fremden Willen aufzwingen lässt, nur äußerst selten und nur bei labilen Leuten, die man auch ohne Hypnose leicht beeinflussen kann."

„Aber falls du hingehst und falls das überhaupt notwendig wäre", schränkte Laura schon vorsichtig ein. „Könntest du denn kontrollieren, wie weit er geht? Sonst wärst du doch in Gefahr."

„Natürlich", beschwichtigte sie Emilia. „Ich habe mich schon öfter von Kollegen hypnotisieren lassen und weiß, dass jede Hypnose zum größten Teil Selbsthypnose ist. Ich kann mich gleichzeitig tief entspannen und ihm immer noch eine erfundene Geschichte erzählen, die mich angeblich schwer belastet. Dann werden wir ja sehen, was passiert."

„Aber vielleicht erkennt er dich ja oder hat schon mal deinen Na men gehört?"

Claire war ein wenig in Sorge um Emilia, deren Mut sie bewunderte. „Du könntest meinen Namen benutzen, den kennt mit Sicherheit kein Psychologe. Und am besten auch meine Adresse. Natürlich müssen wir dich auch verkleiden, das wird ein Spaß!" rief sie.

„Und du musst uns vorher die Sünden beichten, damit sie auch schlimm genug sind."

„Ich denke, dass wir diesen Fall so angehen können, sollte sich bestätigen, dass die Frau wirklich auch bei diesem Therapeuten war", fasste Laura zusammen. „Lasst uns aber trotzdem Augen und Ohren aufhalten, falls sich das Ganze doch noch in eine andere Richtung entwickeln sollte."

Als sie am Abend Sophie vom Treffen der Krimifrauen und Emilias Vorschlag erzählte, genügte ein kurzer Anruf bei der neuen Klientin und deren verblüffte Bestätigung, um das gewagte Experiment wirklich in Betracht zu ziehen.

Vorher telefonierte Sophie jedoch noch mit ihrer besten Freundin

Chrissie, die im alten Bahnhof eine beliebte Boutique betrieb, in der die angesagtesten Klamotten von jungen Designerinnen verkauft wurden.

Chrissie wiederum kannte Jenny, die Heilpraktikerin, die mit drei kleinen Kindern pausierte und ihre Praxis an den ominösen Therapeuten vermietet hatte. Chrissie versprach vorsichtig nachzuforschen und sich am nächsten Tag wieder zu melden.

Bei diesem Gespräch hatte sie nur Gutes zu berichten. Jenny würde für den Charakter des Mannes und auch für seine Arbeitsweise, die Hand ins Feuer legen.

„Allerdings", ergänzte sie dann, „hat ihn Jenny vorher überprüft und ist jetzt zuhause. Ich habe schon öfter erlebt, dass es in und vor der Praxis ziemlich laut wurde, aber nur, wenn seine Freundin da war. Sie muss wohl schrecklich eifersüchtig sein. Eigentlich sagt man ja immer, dass wir Rothaarigen zu heißblütig seien, aber die hat blonde Löckchen wie ein Weihnachtsengel, aber trotzdem ein höllisches Temperament. Oder hatte, denn ich habe sie schon lange nicht mehr gesehen. Letty hat erzählt, er habe endlich Schluss gemacht."

Nachdem Sophie noch festgestellt hatte, dass der andere Part für die Jugendsünden, schon vor einigen Jahren bei einem Verkehrsunfall ums Leben gekommen war und damit als möglicher Erpresser ausschied, gab sie grünes Licht für Emilias wagemutigen Versuch.

Die rief sofort an, um sich einen Termin geben zu lassen, und war überrascht, denn der Therapeut war selbst am Telefon.

Aha, schlussfolgerte Emilia, keine Helferin und damit auch keine weitere potentielle Verdächtige. Erstaunlicherweise bekam sie ihren Termin schon zu Beginn der nächsten Woche.

Offensichtlich war in dieser Praxis wirklich nicht mehr viel los, denn so schnell bekam man doch sonst keinem Termin bei einem Psychologen!

Sicherheitshalber schlug sie noch in einigen Fachbüchern über Hypnose nach und legte sich ihre Sünden-Geschichte zurecht.

Zwei Stunden vor dem vereinbarten Termin trafen sich alle Krimifrauen, die verfügbar waren, bei Claire. Antonia und Christiane waren zwar mit ihren Haustieren oder dem Hunde-Sitting beschäftigt, aber Laura, Claire, Stella und Luisa schnatterten aufgeregt um Emilia herum, hielten ihr Kleider und Schmuckstücke an oder sprühten auswaschbare schwarze Farbe auf ihre Haare, um aus der Siebzigjährigen eine attraktive Mittfünfzigerin zu machen, deren wohlhabender Mann eine weit verzweigte Kette von Schuhgeschäften besaß.

Zwischendurch erzählte Emilia ziemlich anschaulich, die Story, die sie sich ausgedacht hatte. „Ich habe schon beim Anruf gesagt, dass ich sehr unter Stress stehe und einige persönliche Probleme hätte. Das ist das Übliche, was Klientinnen sagen. Dann werde ich andeuten, dass ich schon lange etwas mit mir herumtrage, über das ich mit keinem reden kann."

„Das klingt spannend", grinste Claire, während sie Emilia gekonnt schminkte. „Mit wem hast du denn gesündigt?"

„Das bleibt noch geheim, aber die Zeit drängt, mein Mann ist deutlich älter und so schwer krank, dass er eine Spenderniere braucht. Mein Sohn lebt in den USA und würde sofort kommen, um seinem Vater zu helfen. Allerdings weiß bis heute keiner, dass mein Mann nicht der Vater ist."

Emilia, die sich schon vor Jahrzehnten von ihrem Mann getrennt hatte, fühlte sich mit dieser Geschichte richtig gut und war überzeugt, sie auch glaubhaft vermitteln zu können. Und einen Sohn in den USA hatte sie wirklich gerne gehabt.

„Aber wenn man die Geschichte weiter spinnt, kommt doch sowieso alles raus. Womit soll man dich denn noch erpressen?"

Emilia, die ihr jüngeres Äußeres im Spiegel bewunderte und sich daran zu gewöhnen begann, lächelte bei dieser Frage von Stella nur überlegen.

„Was glaubt ihr, wer wirklich der Vater des Kindes ist?" Und als sie den Namen nur flüsterte, grinsten die anderen erfreut. Das würde klappen!

Vor dem großen Flurspiegel brauchte Emilia doch noch einen Moment, um sich an ihr jüngeres Aussehen, vor allem an den Push-up-BH zu gewöhnen, der ihr ein fantastisches Dekolleté bescherte.

Dann verabschiedete sie sich, allerdings nicht ohne ein theaterreifes Toi, toi, toi ihrer Mitstreiterinnen.

Auf dem Weg zum alten Bahnhof war ihr noch ein wenig mulmig zumute, schließlich war das ihr erster Under-Cover-Einsatz.
Dann aber straffte sie ihre Schultern und machte sich Mut. Schließlich wusste doch keiner so genau, ob James Bond beim ersten Mal als 007 nicht auch weiche Knie hatte?
Obwohl sie zutiefst misstrauisch war, machte Jan Behrend, der Therapeut, bereits beim Empfang einen guten Eindruck auf sie.
Hochgewachsen, blonde, kurze Haare, eine ausgesprochen sportliche Figur und sehr sympathisch, überlegte sie fast zähneknirschend. Es ist doch wirklich ungerecht, dass die miesesten Typen auch noch gut aussehen müssen!

Auch die Praxis war hell und sauber und lud mit vielen Pflanzen regelrecht zum Entspannen ein. Nachdem die Personalien und andere formale Dinge geregelt waren, ohne dass Emilia dabei in ihrer vorbereiteten Geschichte ein Fehler unterlaufen war, erklärte ihr Jan Behrend seine Vorgehensweise.
Wider Willen musste Emilia anerkennen, dass er sehr gründlich und offensichtlich auch korrekt war. Als sie dann zu einem bequemen Liegesessel geführt und mit einer weichen Decke eingehüllt war, hatte sie keine Bedenken sich fallen zu lassen, als die ruhige,

dunkle Stimme des Therapeuten begann.

„Machen Sie es sich bequem, legen Sie alle Dinge ab, die stören, schließen Sie Ihre Augen und hören Sie einfach nur auf meine Stimme. Spüren Sie, wie Ihr Körper immer mehr zur Ruhe kommt, wie es Ihnen ganz wie von selbst gelingt, immer tiefer zu entspannen. Sie sind ganz ruhig! Vielleicht spüren Sie, wie Ihre Gedanken noch kommen und gehen, wie Blütenblätter, die der Frühlingswind durch die Luft wirbelt und die doch irgendwo und irgendwann zur Ruhe kommen, so wie Ihre Gedanken zur Ruhe kommen. Sie sind ganz ruhig! Alle störenden Geräusche sind weit entfernt, sie gehören zum Leben, aber sie sind völlig unwichtig

Sie hören nur meine Stimme. Ihr Atem geht ruhig und gleichmäßig, die Bauchdecke hebt und senkt sich, auf und ab, auf und ab. Alle Muskeln entspannen sich, Sie können loslassen und nur die Ruhe und Entspannung fühlen. Irgendwann entsteht vor Ihrem inneren Auge ein Bild, ein Ort, den Sie vielleicht mögen, eine Situation, in die Sie sich gerne zurückziehen, die Ihnen Kraft gibt und die Sie gleichzeitig entspannen lässt. Sie sind vielleicht auf einem Felsen, hoch über dem Meer und schauen in das endlose Blau. Ihr Blick reicht weit, bis zum Horizont, dort wo Himmel und Meer eins werden. Sie hören das Schlagen der Wellen an die Felswand; das Meer ist ruhig, aber kraftvoll. Es bewegt sich so, als wollte jede Welle etwas von ihren Sorgen mitnehmen. Jede Welle, die zurückfließt, lässt sie erleichtert zurück. "

Hoppla, dachte Emilia, der Mann ist wirklich gut. Ich war wirklich gerade dabei, mich auf Rügen vollkommen entspannt zu fühlen.

Und diese tiefe, sonore Stimme dringt wahrscheinlich in jede meiner Körperzellen ein, sie klingt wie Schokolade, falls dunkle Schokolade wirklich reden könnte.

Schnell bemühte sie sich noch, den verdächtigen Namen etwas lauter zu stöhnen und dann genoss sie den Rest der Trance ganz bewusst und bedauerte es sogar, als der Therapeut die Behandlung mit einer wirklich passenden Suggestion abschloss. *„Alle Ärgernisse, alle Unsicherheiten und Ängste verwehen mit dem Wind.“*

Etwas irritiert berichtete sie später den Krimifrauen ihre Erlebnisse.

„Ich hatte einen Scharlatan erwartet und bin angenehm überrascht worden. Der Mann ist wirklich gut und hat eine Stimme, die jede Frau dahin schmelzen lässt. Es würde mir wirklich leid tun, wenn sich unser Anfangsverdacht erhärten sollte.“

„Noch wissen wir zu wenig, jetzt gilt es zu warten, ob Claire Post bekommt“, erklärte Laura.

„Aber wenn er rehabilitiert ist“, rief Stella, „bin ich die nächste, die einen Termin bekommt. „Ich stehe auch auf Männer mit Samtstimmen.“

In den nächsten Tagen kontrollierte Claire ihren Briefkasten mindestens zweimal am Tag, aber es passierte nichts.

In der zweiten Woche nach Emilias Under-Cover-Einsatz kam So-

phie mit ihren Zwillingen gerade von einer Ausfahrt zurück.
Noch war sie zwei Querstraßen von Oma Lauras Haus entfernt und
bewunderte die Forsythien in Claires Garten. Hier war sie auch
früher oft gewesen, als das Reisebüro noch im Erdgeschoss dieses
Hauses war. Jetzt waren dort nur üppige Büsche zu sehen. Es wird
wirklich Frühling und ich hätte es beinahe verpasst, dachte sie belustigt. Wenn der arme Felix nicht beim Zahnarzt wäre, würde ich
in meinem Büro sitzen und auf den Bildschirm starren.

Das alles, den blauen Himmel, die blühenden Sträucher und die
Krokusse in Claires Garten hätte ich heute nicht genießen können.
Sie atmete noch einmal ganz bewusst die laue Frühlingsluft ein,
solange Leon und Laurie noch friedlich schliefen und drehte sich
entzückt im Kreis.
Dabei stieß sie fast mit einer jungen Frau zusammen, die gerade
etwas in Claires Briefkasten warf. Erst als die Frau wieder in ihr
Auto gestiegen und weitergefahren war, klingelte es in Sophies
Hinterkopf. War das eventuell das Engelslöckchen gewesen?
Na, das konnte ja interessant werden!

Am gleichen Abend kamen Claire und Oma Laura triumphierend
mit dem Erpresserschreiben, das genauso gebastelt war, wie man es
aus Kriminalfilmen kannte. Auf einem größeren Blatt Papier wurde
mit aufgeklebten Zeilen aus Zeitschriften gefordert, am übernäch-

sten Tag, um 18.00 Uhr, 500 Euro am Obersee neben dem Schwanenhäuschen zu hinterlegen. Andernfalls würde die Presse den Namen des Erzeugers von „Claires Sohn" erfahren.

„Emilia habe ich schon angerufen, die spuckt Feuer. Sie hat wirklich gehofft, wir hätten den Falschen. Aber mit diesem Schreiben dürfte das ja klar sein", erklärte Laura freudestrahlend. „Also wieder ein Fall gelöst!"

Sophie runzelte skeptisch die Stirn. „Das glaube ich noch nicht. Wenn er wirklich Geld braucht, wieso sollte er von einer so offensichtlich reichen Frau nur eine relativ kleine Summe verlangen? Ihr habt sie doch ausstaffiert, als würde sie auf Millionen sitzen. Da stimmt etwas ganz entschieden nicht, vermutlich geht es um etwas ganz anderes."

Claire, die dem Disput irritiert und etwas ungeduldig folgte, hätte gerne zur Lösung beigetragen, denn auch sie war wie die anderen stolz auf ihre Aufklärungsarbeit.

„Wird sich das denn nicht alles klären lassen, wenn Emilia morgen den Mann zur Rede stellt?"

Sophie sah überrascht auf. „Morgen will sie schon gehen? Ich dachte, sie wartet die Übergabe des Geldes ab und wen wir dabei schnappen."

„Die zwei Tage hält sie nicht aus", grinste Laura. „So habe ich Emilia noch nie erlebt, wie ein feuerspeiender Drache. Sie wird garantiert morgen gehen, ihr Termin ist um 10.00 Uhr, gleich wenn die Praxis öffnet.“

Sophie warf einen Blick auf ihren Kalender. Das sah gut aus!

„Felix ist wieder in Ordnung, also kann ich Emilia begleiten. Bei diesem Showdown muss ich dabei sein.“

Noch am Abend verabredete sie sich mit Emilia, die immer noch außer sich war. Sophie beruhigte sie absichtlich nicht, denn wenn alles so lief, wie sie es vermutete, war die ehrliche Entrüstung von Emilia genau das, was zur Aufklärung erforderlich war..

Auch am nächsten Morgen war die ehemalige Psychologie-Dozentin immer noch empört. Sicher auch, weil sie von dem Mann zutiefst enttäuscht war. Hätte sich der Therapeut als unfähig erwiesen, könnte sie das Ganze rationaler betrachten und ihn einfach abschreiben.

Aber Jan Behrend hatte mit seiner Arbeit wider Willen ihre Achtung errungen. Und wer in seiner therapeutischen Arbeit so gut war, wie er, hatte doch solche widerwärtigen Praktiken wirklich nicht nötig!

Genau das schleuderte sie dem Therapeuten ins Gesicht, gleich als sie gemeinsam mit Sophie die Praxis betreten hatte.

„Sie sind in Ihrem Job wirklich gut, aber als Mensch das Letzte. Jemand, der intime Geheimnisse von seinen Schutzbedürftigen benutzt, um Geld zu erpressen, hat das Recht verwirkt, als Therapeut zu arbeiten."

Mit diesen Worten warf sie ihm das Erpresser-Schreiben zu.

„Und diese Summe, 500 Euro, wollten Sie mich zusätzlich beleidigen?"

Jan Behrend sah sie nur entsetzt an, als ob er nicht fassen könnte, was da passierte.

Als er dann aber antworten wollte, brachte ihn Sophie mit einer Handbewegung zum Schweigen. Dann setzte sie zu einer Erklärung an, die sie absichtlich lauter und deutlicher, als üblich formulierte.

„Offensichtlich war es sehr gut, dass ich als Vertreterin der Psychotherapeutenkammer gleich mitgekommen bin. Diese Praxis wird mit sofortiger Wirkung geschlossen! Weitere Maßnahmen behalte ich mir vor, es ist auch nicht auszuschließen, dass sich der Staatsanwalt mit Ihnen beschäftigt. Herr Behrend, das war's dann für Sie. Packen Sie Ihre Sachen, bis 12.00 Uhr, sind Sie hier raus."

Als Sophie geendet hatte, wurde sie nicht nur von Jan Behrend, sondern auch von Emilia angestarrt, als müsse man an ihrem Geisteszustand zweifeln.

Aber Sophie hielt nur mahnend einen Zeigefinger an die Lippen, ging zum Telefon und hielt nach einigen Sekunden einen daumennagelgroßen Gegenstand in die Höhe. Emilia nickte sofort, so etwas hatte sie auch schon verwendet. Sie formte stumm mit den Lippen das Wort „Wanze" und Sophie hielt den Daumen hoch.

Dann ließ sie noch einmal den Blick durch die Praxis schweifen, da sie in ihrem Inneren immer noch das leichte, charakteristische Summen verspürte, das ihr anzeigte, dass noch etwas gefunden werden wollte.

Es schien sich auf das Regal an der Frontseite des Zimmers zu konzentrieren und nach kurzem Suchen fand sie den kleinen Spion hinter der Uhr und entfernte ihn.

Erst nach einem erneuten Kontrollblick durch den Raum wandte sie sich dem Therapeuten zu, der noch immer wie erstarrt an seinem Schreibtisch saß.

„Entschuldigen Sie bitte mein Auftreten, Herr Behrend. Das war nur für diejenigen, die mitgehört haben. Ich komme natürlich nicht von der Psychotherapeutenkammer und Ihre Praxis wird auch nicht geschlossen. Mein Name ist Sophie Graf-Brunner, ich bin Privatdetektivin, die empörte Dame neben Ihnen ist Emilia Richter, früher Psychologie-Dozentin, und gemeinsam haben wir gerade Ihre Praxis gerettet. Ihrer rachsüchtigen Freundin hat es offensichtlich nicht genügt, Ihre Klientinnen zu vergraulen, jetzt hätte sie es fast geschafft, sie ins Gefängnis zu bringen.“

„Sie meinen, das alles hat Letizia gemacht?“ Er klang wirklich fassungslos. „Solange wir zusammen waren, ist sie ständig ausgerastet, weil ich Frauen therapiere, deshalb habe ich die Beziehung schließlich auch beendet. Aber dass sie in ihrer Eifersucht so weit geht, hätte ich nie gedacht.

Seit Wochen zerbreche ich mir den Kopf, warum so viele Klientinnen abgesagt haben, ich habe mehr und mehr an mir gezweifelt. Und sie hat dabei die Fäden gezogen. Hätte ich sie bloß nie kennengelernt!"

Er stützte erschüttert den Kopf in die Hände, blickte dann aber wieder fragend auf. „Wenn sie Leute erpresst hat, ist die Polizei bereits eingeschaltet? Denn das muss aufhören."

„Das wird es auch, ich habe schon einen Plan", beruhigte ihn Sophie.

Danach setzten sich alle drei an den runden Tisch, Jan Behrend, immer noch erschüttert, goss allen beruhigenden Grüntee ein und Sophie notierte die erforderlichen Informationen zur Ex-Freundin und erklärte das beabsichtigte Vorgehen.

„Jetzt warten wir nur noch darauf, dass Engelslöckchen ihre kleinen Helfer abholt."

„Und wenn sie nicht kommt?" Der Therapeut schien emotional immer noch schwer angeschlagen zu sein und glaubte nicht an eine leichte Lösung.

„Sie wird kommen!" Sophie war sich da sehr sicher. „Ich bin zwar keine Psychologin, aber ich bin davon überzeugt, dass Ihre Ex-Freundin sie nur vernichten wollte, um sie anschließend retten zu können."

„Das wäre typisch für eine Obsession dieser Art", bestätigte Emilia.

„Entweder brauche ich eine Therapie oder eine mindestens eine Auffrischung", stöhnte der Therapeut. Dann wandte er sich Emilia zu. „Emilia Richter? Hießen Sie nicht Claire Peters?"

Emilia lachte. „Das war mein Under-Cover-Name. Ich hatte sonst Bedenken, dass ich erkannt würde."

Behrend schlug sich an die Stirn. „Emilia Richter, Kognitive Therapie! Schande über mich! Ich hatte mindestens drei Vorlesungen bei Ihnen."

„Vergeben und Vergessen", lächelte Emilia wohlwollend, „denn Ihre Hypnosetherapie finde ich wirklich gut. Deshalb war ich ja auch so empört."

„Und ich habe das ein wenig ausgenutzt", bekannte Sophie.

„Verzeih mir bitte, Emilia, aber sonst bist du immer so überlegt und bedacht. Allerdings war heute für unsere Zuhörerin ein wenig mehr Feuer erforderlich."

„Kein Problem." Emilia lächelte zum zweiten Mal verzeihend.

„Wenn es wirklich zu einem Ergebnis führt, war mein Wutausbruch doch sehr angebracht."

Noch während sie sprach, schaute Sophie zur Tür, hob wieder mahnend den Zeigefinger an die Lippen und zog Emilia in den Bereich hinter der Praxistür.

Der Therapeut verschwand blitzschnell in einem Nebenraum.

Sophie hörte, wie jemand an der Tür hantierte, an der immer noch das Schild *Bitte nicht stören!* hing.

Dann öffnete sich vorsichtig die Tür und Engelslöckchen schob sich herein. „Jan, Darling, bist du da?"

„Ich bin im Bad, komme gleich", ertönte es aus dem Nebenraum. Schnell huschte Engelslöckchen zum Telefon, fand aber nicht, was sie suchte. Als sie dann suchend zur Uhr im Regal schaute, zeigte ihr Sophie überlegen lächelnd den kleinen Spion.

„Suchten Sie das? Dazu ist es zu spät, ich habe es bereits konfisziert und weiß alles! Sie haben jetzt genau zwei Möglichkeiten: 1. Sie händigen mir noch heute alle Notizen, alle Hinweise, die Sie über die Frauen gesammelt haben aus und spenden das erpresste Geld für einen guten Zweck."

„Warum sollte ich so etwas tun? Wer sind Sie überhaupt?" Engelslöckchen ließ etwas von ihrem Temperament ahnen und wurde widerspenstig.

„Das, liebe Letizia", erklärte Jan Behrend aus dem Bad kommend, „Ist eine Privatdetektivin. Und sie weiß wirklich alles und ich auch."

Letizia, die sich gerade an einem unschuldigen Augenaufschlag versucht hatte, ließ jetzt doch entmutigt den Kopf sinken, als Sophie fortsetzte.

„Die zweite Möglichkeit wird Ihnen noch weniger gefallen. Mein Mann ist Polizist und mit den Beweisen, die wir jetzt schon gegen sie haben, könnten Ihnen wegen räuberischer Erpressung einige unangenehme Monate in einer Haftanstalt blühen, allerdings nur, wenn sie einen guten Anwalt haben. Also wofür entscheiden Sie sich?"

Nachdem der letzte flehende Blick zu Jan Behrend unbeachtet blieb, folgte Letizia Sophies Aufforderung.

Noch am folgenden Mittwoch, dem nächsten Treff der Krimifrauen im *Café Schokohimmel*, waren die Erpressung und die überraschende Wendung immer noch der Mittelpunkt der Diskussion. Lettys neue, kalorienarme Frühlingstorte geriet dabei völlig in den Hintergrund. Immer wieder mussten Emilia und Laura berichten, während Antonia und Christiane noch die Fotos der verjüngten Emilia bestaunten, die Claire gemacht hatte.

„Ich freue mich wirklich über unseren Erfolg", sinnierte Stella. „Aber irgendwie stört es mich doch sehr, dass diese unverschämte Letizia nicht festgenommen oder angeklagt wurde."

„Das geht uns wahrscheinlich allen so", beschwichtigte sie Laura. „Aber Sophie hat sich das wirklich gut überlegt. Was wäre denn passiert, wenn Letizia alles ausgeplaudert hätte, was sie gehört hat und am nächsten Tag hätten die Zeitungen das alles öffentlich gemacht? Alle Geheimnisse der erpressten Frauen wären keine mehr gewesen. Das war sicher nicht das, was unsere Klientin erreichen wollte."

„Du hast recht", erwiderte Stella nachdenklich. „Das hätte alles verschlimmert. So können die vielen Frauen wieder ruhig schlafen, auch wenn sie nicht wissen, was wir für sie getan haben."

Claire beugte sich neugierig zu Stella. „Und was ist jetzt mit dem Therapeuten mit der Samtstimme? Hast du dich schon bei ihm gemeldet?"

„Das ist überhaupt nicht nötig", unterbrach sie Emilia. „Er ist uns überaus dankbar dafür, dass wir ihn und seine Praxis gerettet haben und schenkt jeder von uns eine Wohlfühl-Hypnose, die ich nur empfehlen kann."

Mit dieser begeisterten Bewertung teilte sie die entsprechenden Gutscheine aus, die ihr von den Frauen fast aus den Händen gerissen wurde.

„Ich lese wirklich gerne unsere Romane"; stellte Laura abschließend fest, „aber ein echter Fall ist einfach viel aufregender. Und dieser war unser erster Erpressungsfall, mit dem wir dafür gesorgt haben, dass sich viele Frauen auch in Zukunft unbelastet an ihre Jugendsünden erinnern können. Mal sehen, was als nächstes kommt, vielleicht die Jagd nach etwas, das als verloren gilt oder eine richtige Schatzsuche. Das wäre echt spannend!"

Das verschwundene Testament

„Was für ein schönes Stück!"Oma Laura beugte sich über Sophies Schulter und betrachtete das Foto einer kunstvoll gearbeiteten antiken Gemme, die aus der Zeit vor der Französischen Revolution stammte.

„Ich hatte früher auch mal eine Gemme, natürlich nicht so wertvoll. Ende der Sechziger Jahre trug man sie an einem Samtband um den Hals. Ganz sicher aber, war sie nicht so kunstvoll gearbeitet, wie diese."

Sophie wandte sich lächelnd um. „Vermutlich auch nicht so teuer. Diese ist ungefähr 17.000 Euro wert oder mehr, weil sie schon fünf Jahre als vermisst galt. Es war nicht leicht, sie wieder zu finden, aber ich habe sie aufgespürt. Der Fall ist jetzt abgeschlossen, ich schreibe nur noch die Rechnung. Und die kleine Bibel mit den vielen Goldeinlagerungen habe ich auch schon wieder."

Laura klopfte ihr stolz auf die Schulter. „Du wirst wirklich immer besser, mein kleiner Spürhund. Vielleicht kannst du auch Chrissie helfen, sie hat schon zweimal angerufen, als du bei der Versicherung warst."

„Dann rufe ich sie am besten gleich zurück."

Als Sophie noch für den gleichen Tag einen Termin mit Chrissie vereinbart hatte, lehnte sie sich zufrieden zurück, dehnte ihren Rücken und schob ihre dunklen Locken hinter die Ohren.

Eigentlich müsste sie zum Frisör, bisher hatte sie dafür leider noch keine Zeit gehabt. Aber es tat wirklich gut, wieder im Job zu sein.

Natürlich vermisste sie ihre Babies und versuchte, so oft wie möglich bei ihnen zu sein, aber seit Felix seine Elternzeit angetreten hatte und auch Oma Laura die Kleinen wie ein Glucke umschwirrte, konnte sie sich wieder mehr auf ihre Arbeit als Privatdetektivin konzentrieren.

Und diese wertvolle Gemme aufzuspüren, hatte einfach einen Riesenspaß gemacht. Seit sie diese spezielle Gabe, diesen besonderen Spürsinn, wieder entdeckt hatte, nahm sie das eigenartige Ziehen und Summen viel schneller wahr, wenn sie auch nur in die Nähe der gesuchten Gegenstände kam. Das hatte sie auch zu einem Händler geführt, von dem sie über ihren früheren Mentor Onkel Julian wusste, dass sein Angebot nicht immer koscher war.

Jetzt hatte die Eigentümerin ihren Schmuck wieder und war überglücklich.

Und Sophie natürlich auch, denn jetzt hatte sie Zeit, sich um etwas Neues zu kümmern.

Sie stand auf und schob ihren Stuhl energisch unter den Schreibtisch. „Wahrscheinlich wollen sie mir nur ihren schicken Laden vorführen, zur Eröffnung konnte ich nicht kommen, da haben wir gerade gezahnt."

„Ach die armen Kleinen", bedauerte Laura. „Wenn sie wüssten, dass sie diese kostenfreien Zähne nur noch einmal bekommen und später viel dafür zahlen müssten, würden sie das anders sehen. Hat Chrissie nicht mehr den kleinen Laden am Bahnhof?"

Sophie schüttelte den Kopf. „Der war zu klein geworden. Chrissie hat jetzt mit einer Freundin eine ganz besondere Boutique eröffnet, wo alles digital abläuft.

Du kannst gerne mitkommen und es dir ansehen. Du kaufst doch gerne ein und dort erwartet dich etwas Besonderes, worin dich Markus noch mehr bewundern kann."

Laura, die für ihr Leben gerne einkaufte und sich auch gerne von dem neuen Mann in ihrem Leben bewundern ließ, zierte sich noch ein wenig. „Ach Sophie-Schatz, was soll ich alte Frau denn in einer Boutique für junge Frauen?"

Aber Sophie umarmte sie nur lachend und zog sie mit sich. „Sagst du nicht immer 70 wäre die neue 50? Also sind wir dort genau richtig. Lass dich einfach überraschen!"

Und überrascht wurde Laura wirklich. Sie waren durch die kleine City gefahren und hatten die neue Siedlung bewundert, die um den Obersee entstanden war.

Die Neubauten fügten sich harmonisch in das fast mittelalterliche Stadtbild ein und die alten Häuser waren mit viel Liebe restauriert.

Die Bäume trugen schon ihr erstes Grün und die Sonne strahlte, untypisch für April, schon den ganzen Tag.

Im Schaufenster der kleinen Boutique, die im Erdgeschoss eines hübschen Fachwerkhauses untergebracht war, gab es neben großen Tulpensträußen, ganz entzückende Kleider, die beide zunächst zum genauer Hinsehen lockten, bis Chrissie erfreut die Tür öffnete und sie hereinbat. Laura sah sich irritiert um. Dieser kleine Raum sollte ein Geschäft für Kleidung sein?

Er hatte zwar eine angenehme Atmosphäre, helle Pastellfarben und angenehmes Licht, einige Kleiderständer neben dem Schaufenster gab es auch, aber so stellte man sich doch keine erfolgreiche Boutique vor?

Chrissie, Sophies beste Freundin und jetzt auch Schwägerin, war wieder sehr geschmackvoll in unterschiedliche Grüntöne gekleidet, die perfekt zu ihren rotblonden Locken passten.

Sie umarmte beide herzlich, fragte zunächst nach neuen Fotos ihrer Patenkinder und führte sie dann zu einem kleinen Tisch, der gedeckt war, wie in einem netten Café.

„Man sieht es euch regelrecht an, dass ihr eigentlich etwas anderes erwartet habt", lachte sie. „Aber das was ihr hier seht, wird das Bekleidungsgeschäft der Zukunft werden, das sowohl den Internet-Handel berücksichtigt, als auch die Kundinnen vor Ort glücklich machen kann.

Die großen Kaufhäuser, wie man sie aus der Vergangenheit kannte, sind mittlerweile out. Sie sind gegenüber dem Internet-Handel konkurrenzlos geworden und wer hat schon Lust, sich zwanzig Kleiderständer von unterschiedlichen Firmen anzusehen, nur weil man einen Rock sucht."

„Da hast du absolut recht", nickte Laura, „aber wenn es keine Kaufhäuser mehr gibt…"

„Du hast wie immer den Finger genau auf dem wunden Punkt", grinste Chrissie, „dann besteht die Gefahr, dass die Innenstädte veröden. Denn wer will noch bummeln gehen, wenn es keine Schaufenster zu bestaunen oder zu bewundern gibt."

„Und nicht zu vergessen: Im Internet kann ich den Stoff nicht anfassen oder fühlen. Ich kann auch nicht anprobieren oder mich beraten lassen. Mir fehlt so etwas sehr."

„Genau", bestätigte Chrissie. „Versandhändler haben den großen Vorteil, keine oder wenig Ladenmiete zahlen zu müssen, immer eine große Auswahl vorrätig haben zu können, aber eben auch den Nachteil, dass alles ziemlich unpersönlich ist, der eigene Stil selten berücksichtigt wird und das Shopping-Erlebnis fehlt, das tolle Gefühl sich im Spiegel bewundern zu können oder die Gewissheit, genau das Richtige erwischt zu haben. Und an diesem Punkt kommen wir ins Spiel."

Während sie noch sprach, kam eine junge Frau aus dem Nebenraum in einem braunen Kleid, die blonden Haare hochgesteckt. Mit einer weißen Schürze und einem großen Tablett, sah sie fast so aus, wie das berühmte Schokoladenmädchen von Liotard. Sie lächelte freundlich, sah aber nicht so glücklich aus, wie es nach einer erfolgreichen Geschäftseröffnung zu erwarten gewesen wäre.

Offensichtlich war sie gut vorbereitet, denn sie servierte der erstaunten Laura ihren geliebten Espresso, Sophie den üblichen Latte macchiato und stellte dazu eine Etagere mit verführerischen Schoko-Cupcakes auf den Tisch.

Dann schob sie Chrissie eine Tasse Schokolade zu und wollte sich wieder zurückziehen, aber die hielt sie fest.

„Darf ich vorstellen, das ist meine Geschäftspartnerin Josefine, genannt Jojo.

Sie ist das Hirn dieser Anlage, während ich bestenfalls die Eventmanagerin bin und dafür sorge, dass jede Frau angenehm entspannt auswählen kann. Wollt ihr mal ausprobieren, wie es funktioniert?

Wir haben zwar auch noch ein sehr ernstes Problem mit euch zu besprechen, doch dazu müsst ihr verstehen können, wie schlimm es für uns wäre, wenn wir all das verlieren würden.

Wer von euch ist auf der Suche nach einem Traum-Kleidungsstück, immerhin heißen wir *Fashion Dream*?"

Sophie schüttelte vorsichtig den Kopf und schob Oma Laura nach vorne. Die begutachtete die wenigen Kleidungsstücke auf dem Kleiderständer, sah die anderen pfiffig an und wünschte sich: „Ein Sommerkleid, leicht und luftig, passend zu meinen Haaren."

„Kein Problem", lächelte Chrissie. „Allerdings brauchen wir dazu deine Maße."

Laura stand stöhnend auf, ganz so bequem schien das Ganze doch nicht zu sein. Allerdings ging die Überraschung weiter, denn sie wurde nur unter eine Art Bogen mit einer Lichtschranke geführt und konnte nach einem kurzen Moment wieder Platz nehmen.

Jetzt schob Chrissie einen Bildschirm in ihr Blickfeld und Jojo nahm an einem Regiepult Platz.

Laura blieb fast der Mund offen stehen, als sie sich in voller Größe in diesem Monitor sah, so als würde sie im Fernsehen auftreten.

„Oh, wie sehe ich denn aus? Wenn ich das gewusst hätte, wäre ich doch vorher zur Kosmetik oder wenigstens zum Friseur gegangen!"

„Lässt sich alles ändern", rief Jojo aus dem Hintergrund und nach wenigen Handgriffen am Display war Laura begeistert.

„Super! Jetzt sehe ich 10 Jahre jünger aus, wenn ich jetzt auch noch ein Kleid finde, dann kaufe ich nur noch hier ein."

Chrissie präsentierte ihr eine Auswahl Kleider, die aus Kleinserien von jungen Designerinnen stammten und jedes Modell auch in mehreren Farben oder Mustern beinhaltete.

„Wir arbeiten aber auch mit größeren Modefirmen zusammen und wenn alles klappt, demnächst auch mit dem Versandhandel."

Laura konnte sich kaum daran sattsehen, wie sich ihr Ebenbild mit jedem neuen Modell drehte und wendete.

„Und das alles, ohne ständig irgendwelche Klamotten über den Kopf zu ziehen und die Haare durcheinander zu bringen oder in einer engen Umkleidekabine in Schweiß auszubrechen. Das ist echt toll. Mir gefällt das helle mit dem silberblauen Muster am besten."

„Und es passt sehr schön zu deinen Augen und auch zu deiner

fantastischen Haarfarbe."

Laura strich geschmeichelt ihre silberblauen Haare zurück und verkündete. „Das nehme ich sofort. Und es passt super."

„Was macht ihr, wenn es nicht passt?" Sophie schien jetzt doch interessiert.

„Dann kann das System genau kennzeichnen, wo welche Änderungen erforderlich sind und die werden dann von Cindy oder den anderen Näherinnen übernommen.

Danach wird das Stück von uns direkt zugestellt, also keine Versandkosten und auch keine langen Wartezeiten. Noch stellen wir selbst zu, aber ich verhandle auch schon mit Sportys Fahrradkurieren und mit einigen Senioren. Natürlich nur, wenn sich unsere Idee bewährt."

„Aber das System ist toll! Man sitzt hier ganz bequem und kann sich ohne Mühe zwischen unterschiedlichen Modellen, Farben und Mustern entscheiden." Laura sah sich begeistert um. „Könnte ich auch eine Hose anprobieren?"

„Wieso? Du trägst doch nie Hosen, ich habe es dir so oft schon vorgeschlagen." Sophie blickte etwas misstrauisch, aber Laura lächelte nur verschmitzt.

„Hier könnte ich mich mühelos von hinten betrachten und wenn mein Hintern noch so knackig ist, wie ich hoffe, dann trage ich auch wieder Hosen."

„Aber Omi", begann Sophie, wurde aber rigoros unterbrochen.

„Tu nicht so, als ob das unwichtig wäre. Ich bin zwar die Älteste hier, aber gewiss noch nicht tot!"

„Da hast du recht", lachte Chrissie. „Du siehst echt scharf aus in diesen Hosen!"

Laura betrachtete sich fasziniert. „Geht das auch noch enger?" Und als Josefine einige Veränderungen machte, strahlte sie zufrieden. „Die nehme ich auch, das macht wirklich Spaß. Da könnte man endlos weitermachen. Aber ihr habt sicher auch ein Bestellsystem, damit man nicht Stunden bleibt?"

„Ja, natürlich", Chrissie nickte. „Das ist mein Part. Ich mache aus dieser Zeit, ein richtiges Event und die Kundinnen sind glücklich. Das Schwierigere, die ganze Technik, das ist Jojos Aufgabe, sie hat ein IT-Studium erfolgreich absolviert und einen Freund, der Ingenieur ist und beim Bau geholfen hat."

„Und ich hatte eine verständnisvolle Großmutter, die die Räume und auch viel Geld zur Verfügung gestellt und immer an mich geglaubt hat. Sie ist leider vor drei Monaten gestorben."
Josefines Stimme war immer leiser geworden, das Ganze schien sie noch sehr mitzunehmen.

„Sie haben sich wohl sehr nahe gestanden?" Lauras Stimme klang sehr verständnisvoll.

Josefine lächelte wehmütig. „Meine Eltern sind verunglückt, als ich zehn war. Seitdem waren Granny und ich eine Familie und ich hätte mir gewünscht, dass es auch so bleibt. Und mehr hätte ich von dieser Familie auch nicht gebraucht."Sie sah verbittert nach unten und Chrissie beeilte sich zu erklären. „Seit wir eröffnet haben, das sind ja erst wenige Wochen, hatten wir immer nur positives Feedback. Unsere Kundinnen sind begeistert und hinterlassen auf unserer Homepage wahre Loblieder auf unseren *Fashion Dream*. Aber seit 8 Tagen kommt eine miese Bewertung nach der anderen, Dinge, die mit uns überhaupt nichts zu tun haben und die mit Sicherheit ausschließen, dass es sich wirklich um Kundinnen handelt."

„Jemand will euch hier raus haben", vermutete Sophie.

„Genau, das dachten wir auch", bestätigte Jojo.

„Wir haben das wirklich sehr ernst genommen und ich musste ein wenig an meinem Computer zaubern, aber ich habe festgestellt, dass der Verfasser immer die gleiche IP-Adresse benutzt hat und dass es sich dabei um Grannys jüngeren Bruder Theo handelt. Diesen Mann hat sie nur einmal erwähnt und gesagt er sei eine große Enttäuschung und eine Schande für die Familie gewesen. Was er mit diesen Bewertungen beabsichtigt wissen wir nicht genau, aber wir glauben auch, er will uns aus dem Haus haben und vermutlich das Haus selbst auch."

„Aber hat denn deine Großmutter kein Testament hinterlassen?" Sophie konnte sich bereits vorstellen, in welche Richtung sich die Schwierigkeiten dann entwickeln würden. „Denn offensichtlich rechnet er sich doch Chancen aus?"

Josefine nickte. „Das vermute ich auch, er hat mittlerweile ein Testament beim Nachlassgericht eingereicht. Das kann niemals echt sein, weil Granny ihn seit vielen Jahren nicht gesehen hat, aber beweisen kann ich es nicht. Ich wurde deshalb schon aufgefordert, das Erbe zu übergeben.

Ich weiß, dass es ein Testament zu meinen Gunsten gibt, aber es ist nicht da! Und ohne Testament, hat mir der Anwalt erklärt, tritt die gesetzliche Erbfolge ein und er als Grannys Bruder ist ein Blutsverwandter.“

„Aber das dürfte auch kein so großes Problem sein“, stellte Sophie fest. „Im schlimmsten Fall müsstest du das Erbe mit deinem Großonkel teilen.“

Josefine schüttelte verzweifelt den Kopf, war aber nicht mehr in der Lage zu antworten, daher stellte Chrissie den Zusammenhang dar.

„Das Ganze ist etwas komplizierter. Ihre Mutter hat Jojo in diese Ehe mitgebracht, aber ihr Mann, Grannys Sohn, hat es einfach versäumt, sie zu adoptieren. Ihre Großmutter hätte das nachholen können, aber sie ist nur als Vormund eingetragen. Also hat Jojo ohne Testament überhaupt keine Ansprüche. Und wir könnten all das hier verlieren.“

Sophie war von dieser Entwicklung nicht nur überrascht, sie war regelrecht wütend darüber, welche Ungerechtigkeiten im Namen des Rechts möglich waren. Und insgeheim nahm sie sich vor, unbedingt mit Felix gemeinsam, rechtliche Vorkehrungen für ihre Babies zu treffen. Aber jetzt war hier Hilfe nötig und sie forschte weiter. „Gab es denn ein Testament oder ist das nur eine Vermutung?"

Jojo hatte sich etwas beruhigt und antwortete sofort und sicher. „Doch das Testament gibt es, ich war selbst dabei, als Granny es mit der Hand geschrieben hat. Frau Schmidt, die Nachbarin, hat damals noch als Zeugin unterschrieben, aber die ist schon vor einigen Jahren verstorben. Das Testament gibt es, da bin ich mir ganz sicher, aber ich weiß nicht wo!"

„Wir suchen schon seit einigen Tagen danach, aber ohne Ergebnis", erklärte Chrissie, während Jojo unruhig aufsprang und durch das Zimmer lief.

„Ich habe im Haus jeden Raum durchsucht, ich war auf dem Dachboden, ich war im Keller, da ist nichts." Josefine senkte entmutigt den Kopf.

Chrissie, die genauso niedergeschlagen war, beteuerte. „Das ist wirklich so. In diesem Haus herrscht eine penible Ordnung, ich wäre stolz, wenn es bei mir auch so aussehen würde."

Laura litt mit den beiden mit und hätte so gerne geholfen.

„Ihr wisst ja, dass sich unsere Gruppe im alten Bahnhof trifft, um über Kriminalromane zu diskutieren. Bei den Geschichten über Sherlock Holmes ist es oft so, das wichtige Gegenstände gar nicht so sehr versteckt werden, sondern ganz offen dort liegen, wo sie keiner vermuten würde. Deswegen werden sie oft einfach übersehen. Sophie hat einen wirklich guten Spürsinn für Dinge, die gefunden werden müssen." Sie lächelte Sophie aufmunternd zu.

„Warum gehst du nicht mit Josefine in wirklich jeden Raum und testest aus, ob irgendetwas Wichtiges vorhanden ist, während ich hier meine Einkäufe bei Chrissie abschließe?"

Nach einer halben Stunde waren beide zurück. Josefine schien noch mutloser zu sein als vorher und schüttelte nur unglücklich den Kopf.

Sophie nickte bedauernd. Auch sie war sich sicher, dass hier nichts zu finden wäre, denn ihr Spürsinn meldete sich nicht. Konzentriert schob sie sich die Haare aus dem Gesicht, während sie nach einem neuen Ansatz suchte. „Was ist mit einem Anwalt oder dem Nachlassgericht?"

Jojo schüttelte den Kopf. „Granny hatte schon immer ihre eigenen Ideen und unser Anwalt war etwas verschnupft, als er mir erklärte, dass sie bei ihm nichts hinterlegt habe. Und wenn das Nachlassgericht ein Testament vorliegen hätte, dann hätten sie mich doch niemals aufgefordert, das Dokument vorzulegen."

Sophie nickte, wieder etwas, das sie abhaken konnten, aber immer noch kein Lichtblick.

„Wir haben sogar schon daran gedacht, ob es dieser Großonkel gestohlen haben könnte", erklärte Chrissie, „aber dann hätte er es bestimmt schon genutzt."

Oder verschwinden lassen, dachte Sophie. Das war wirklich eine schlimme Situation! Hilfesuchend wandte sie sich zu Oma Laura, die sich bisher sehr im Hintergrund gehalten hatte und sich jetzt räusperte.

„Es gibt sicher noch mehr Möglichkeiten, zu suchen. Viel wichtiger wäre aber zurzeit, das andere Testament, das den Großonkel begünstigt, als Fälschung zu entlarven. Ich habe dafür einen Spezialisten, der das garantiert feststellen kann. Haben Sie eine Kopie oder darf man auch das vorgelegte Testament einsehen?"

Josefine sah leicht verschüchtert zu Chrissie, die ihr zunickte.

„Wir haben eine Kopie hier und ich habe auch noch Briefe von meiner Granny, falls man das braucht."

Als Sophie und Laura ihren neuen Lieblingsladen verließen, hatten sie nicht nur Lauras Einkäufe, sondern auch noch Josefines Vollmacht zur Einsicht in das eingereichte Testament.

Zwei Tage später kam Laura in Sophies Büro, nicht im üblichen Tempo, sondern fast majestätisch geschritten.

„Wie findest du meine Hose?" Dabei drehte sie sich langsam, um von allen Seiten zu zeigen, wie knackig ihr Hintern in dieser gut geschnittenen marineblauen Hose aussah.

„Als ob es darauf ankäme, wie ich sie finde", murmelte Sophie. Lachte dann aber und umarmte Laura. „Du siehst super aus. Ich sollte mir überlegen, ob es noch angebracht ist, dich Omi zu nennen. Du wirst immer jünger."

„Das könnte ich jetzt stundenlang hören", grinste Laura. „Ich dachte eigentlich, dass ich meine Speicher für Komplimente schon ausreichend gefüllt hätte, ich komme gerade von Markus."

„Und was sagt er zu dem Testament?" Sophie schob Laura einen Stuhl zu, setzte sich wieder und hörte interessiert zu.

„Er hat es mir ausführlich erklärt, aber das lasse ich jetzt alles weg. Im Klartext ist dieses Testament eine ziemlich geschickt gemachte Fälschung."

„Das hatte ich schon erwartet, ich habe ein wenig recherchiert", erklärte Sophie. „Der Mann ist dreimal wegen Fälschungen verurteilt worden."

„Das Beste aber ist, Markus hat sich das Exemplar beim Nachlassgericht angesehen und seine Expertise auch dort abgegeben. Ich wusste ja nicht, wie bekannt der Mann in seinem Fachgebiet ist. Jedenfalls ist das Testament inzwischen ganz offiziell als Fälschung zurückgewiesen und der Staatsanwalt ermittelt gegen den Onkel", erklärte sie stolz.

„Damit ist ein Problem gelöst, aber nicht die Frage, wo das echte Testament ist", überlegte Sophie. „Im Haus war es jedenfalls nicht."

„Was machen wir?" Laura grinste unternehmungslustig. „Ich brauche noch eine umwerfende Bluse. Wir gehen am Wochenende zu einem Strauß-Konzert und für dich finden wir auch etwas Hübsches."

„Du hast wie immer recht, Omi. Wir müssen mit Josefine reden.“
Diesmal war das Einkaufen noch angenehmer, da die Maße nur
kurz überprüft wurden und das Programm schon passende Ergän-
zungen zu den bisher erworbenen Kleidungsstücken vorschlug.

Erst dann überbrachte Oma Laura die positive Nachricht, dass das
Testament des Großonkels offiziell abgewiesen sei.
Dem Freudentanz, den Chrissie und Jojo aufführten, folgte dann
aber ein Moment der Ernüchterung.
„Wir müssen aber immer noch das echte Testament finden und hier
im Haus ist es wirklich nicht“, stellte Josefine traurig fest. „Es gibt
auch kein Bankschließfach oder etwas Ähnliches. An so etwas
Normales, hätte Granny auch nie gedacht.“
Laura ließ dieser Satz aufhorchen.
„Josefine, Sie waren doch dabei, als ihre Großmutter starb. Hat sie
damals vielleicht etwas gesagt, das ein Hinweis sein könnte?“
„Nein!“ Jojo schüttelte wieder den Kopf. „Sie war schon sehr be-
nommen, weil sie zum Schluss sehr starke Schmerzmittel erhalten
hat. Aber sie hat etwas gemurmelt, das wie die Kinderverse klang,
die sie mir früher vorgesprochen hat. Ich nahm an, sie wäre nicht
mehr bei sich.“
Sie seufzte und fuhr sich über die Augen, aber Laura, die spürte,
dass sie auf dem richtigen Weg war, setzte nach. „Wissen Sie noch,
welche Verse das waren?“

Josefine sah sie etwas irritiert an, richtete aber dann ihre Augen konzentriert nach oben und deklamierte: *Mein Kind, wir waren Kinder, zwei Kinder klein und froh.*"

„Mehr nicht? Hilft uns das weiter?" Sophie war enttäuscht und sah Laura fragend an.

Die lächelte und erklärte. „Das ist ein Gedicht von Heinrich Heine. Entscheidend ist, wie es weitergeht:

Mein Kind, wir waren Kinder, zwei Kinder, klein und froh,

wir krochen ins Hühnerhäuschen, versteckten uns unter das Stroh."

Sophie hob interessiert den Kopf und ihre blauen Augen begannen zu leuchten.

„Heine, sagst du? Ich hätte dabei eher an die Baba Jaga und das Häuschen auf dem Hühnerbein gedacht, aber…"

„Das ist es!" Jojo sprang so hektisch auf, dass ihr Stuhl umfiel. Aber das nahm sie gar nicht wahr. „Das Häuschen im Garten, wir nannten es immer das Häuschen auf dem Hühnerbein. Und dort hat mir Granny auch immer dieses Gedicht vorgelesen, von der Nachbarkatze, die zu Besuch kommt."

Jetzt strahlte sie voller Hoffnung über das gesamte Gesicht.

„Den Garten habe ich bei dem ganzen Trouble total vergessen, ich war schon ewig nicht da, das war immer Grannys Revier. Aber dort könnte wirklich ein Hinweis sein. Die Schlüssel habe ich."

„Wie weit entfernt ist der Garten?" Oma Laura war schon wieder ganz im Detektiv-Modus.

„Ungefähr 10 Minuten mit dem Auto", rief Jojo, die an der Tür stand und aussah, als ob sie schon zum Sprint ansetzen würde. Chrissie, war ihr aufgeregt gefolgt und bot an.

„In meinem Wagen haben alle Platz und anschließend bringe ich euch auch wieder zurück."

„Dann lasst uns sofort fahren", entschied Oma Laura. „Wenn das Testament dort ist, wird Sophie es finden. Das ist so sicher, wie das Amen in der Kirche."

Während der Fahrt, die wahrscheinlich etwas schneller verlief, als zulässig war, aber immer noch zu langsam für die Insassen, die angespannt warteten und kaum redeten.

Sobald der Wagen vor dem Grundstück hielt, sprang Josefine auf den gepflasterten Weg, eilte zum Gartentor und versuchte es in Windeseile aufzuschließen.

Sophie und Oma Laura betrachteten währenddessen die kleine Laube staunend. Sie sah wirklich so aus, wie das legendäre Häuschen auf dem Hühnerbein aus den russischen Märchen. Mit ziemlich viel Geschick war der schmalere Grundstock des weißen Häuschens mit Hühnerbeinen bemalt, während ein Hühnerkopf über der Haustür thronte.

Sophie, die als erste sah, dass die Eingangstür nicht verschlossen war, sondern sich durch den Luftzug leicht bewegte, hielt die anderen zurück. „Wartet! Die Tür wurde aufgebrochen. Lasst mich zuerst nachsehen."

Vorsichtig öffnete sie die leichte Holztür und vergewisserte sich, dass die Eindringlinge nicht mehr vorhanden waren. Josefine, die hinter ihr hereindrängte, schrie vor Schreck auf.

„Nein! Diese Vandalen haben einfach alles zerschlagen!"

Sophie schüttelte den Kopf, während sie ihre Blicke über die aufgeschlitzten Polster, die herausgerissenen Kästen und die zerschlagenen Einkochgläser gleiten ließ. „Das sieht eher danach aus, als hätte jemand etwas gesucht."

„Oh!" Josefine schlug erschrocken die Hände vor den Mund. „Du meinst, er hat hier nach dem Testament gesucht? Aber warum hat er alles kaputt gemacht?"

„Nicht alles", rief Oma Laura und hob ein kleines Häuschen auf den noch intakten Tisch, das eine Kopie des Gartenhäuschens hätte sein können.

„Meine Puppenstube! Schön, dass wenigstens etwas überlebt hat."

Josefines Freude klang noch sehr verhalten, aber Oma Laura achtete mehr auf Sophie, die beim Anblick der Puppenstube fast erstarrt war, dann aber zufrieden lächelte.

„Wie war der Reim, Omi?"

Und Laura rezitierte erneut: *Mein Kind, wir waren Kinder, zwei Kinder, klein und froh, wir krochen ins Hühnerhäuschen, versteckten uns unter das Stroh.*"

„Genau das dachte ich mir", murmelte Sophie, schob ihre Hand unter das Strohdach des Häuschens und zog ein dickes, längliches

Couvert hervor. Sie las laut vor *Für Josefine* und reichte ihr den Umschlag.

Die öffnete ihn mit zitternden Händen, zog ein beschriftetes Blatt hervor und schrie: „Das Testament, wir sind gerettet!"
Dann fiel sie Chrissie um den Hals und umarmte auch Sophie stürmisch.

Oma Laura, die das fallengelassene Testament aufgehoben hatte, betrachtete es interessiert. „Es hat alles, was es für die Gültigkeit braucht. Es ist handschriftlich verfasst, Ort und Zeit sind angegeben und sie hat mit vollem Namen unterschrieben.

Interessant ist der Nachsatz, in dem sie ihren Bruder ausdrücklich aus dem Erbe ausschließt."

„Damit dürfte sich euer Problem erledigt haben", stellte Sophie zufrieden fest. „Ich wünschte, es würde immer so schnell gehen. Jojo, du solltest auf jeden Fall den Einbruch anzeigen, vielleicht genügt das schon, um deinen sonderbaren Großonkel verschwinden zu lassen."
Eine Woche später kam Oma Laura in Sophies Büro und schwenkte mit breitem Lächeln zwei Umschläge. „Wir haben beide eine Einladung zu einem außergewöhnlichen Shopping-Event erhalten. Josefine und Chrissie wollen sich bei uns bedanken und uns mit etwas Besonderen überraschen. Hast du schon einen speziellen Wunsch? Ich habe viele!"

Ein Baby wird entführt!

Die Privatdetektivin Sophie Graf-Brunner fühlte sich an diesem Tag ausnehmend gut, obwohl sie heute Bürouniform tragen musste, in der sie sich sonst selten wohlfühlte. Aber dieses schicke, royalblaue Kostüm stand ihr ausgezeichnet und passte perfekt.

Schließlich war es im *Fashion Dream,* dem neuen Studio ihrer Freundin Chrissie an ihren Körper angepasst worden.

Die intensive Farbe ließ ihre blauen Augen noch mehr leuchten und ihre schwarzen Locken schimmern.

Sie schaute mit einem Seitenblick in eine der wenigen Schaufensterscheiben und nickte zufrieden. Das pastellfarbige Top, das in seiner Farbe an die Südsee erinnerte, passte ausgezeichnet dazu und ließ sie ein wenig Urlaubsfeeling spüren.

Immerhin war schon Mai und die Sonne schien bereits sommerlich warm. Zu ihrer guten Laune trug außerdem bei, dass sie gerade einen Auftrag abgerechnet hatte, der ihr bestimmt noch weitere anspruchsvolle Klienten bringen würde.

Im Auftrag einer Kulturstiftung und einer Versicherung hatte sie zwei Miniaturbildnisse, die dem Maler Johann Heinrich Tischbein zugeschrieben wurden und auch eine wertvolle goldverzierte Ausgabe eines Immerwährenden Kalenders aus dem Mittelalter gesucht.

Und wie immer, seit sie das geheimnisvolle Summen in ihrem Inneren besser zuordnen konnte, war sie beim Aufspüren dieser Kostbarkeiten erfolgreich gewesen.

Über solche interessanten Aufträge freute sie sich immer sehr, zumal auch das Honorar dafür ausgesprochen üppig war.

Das reicht nicht nur für neue Overalls für die Zwillinge, die wie der Wind gewachsen waren, überlegte sie, sondern vielleicht auch für eine kleine Auszeit am Meer.

Nach einem Blick auf ihre Armbanduhr, die sie heute auch nur ausnahmsweise trug, beschloss sie etwas schneller zu gehen.

Felix war mit den Babies alleine, denn Oma Laura war wie jeden Mittwoch bei den Krimifrauen im *Café Schokohimmel* im alten Bahnhof, wo sie über ihre geliebten Cosy-Crimes diskutierten oder eher darauf warteten, von Sophie wieder in eine aufregende Suche einbezogen zu werden.

Sophie lächelte, als sie in ihre Straße einbog und an Luisas Haus vorbeiging, wo Lucky Luke, der neue Mann in Luisas Leben, im Garten werkelte. Sie winkte ihm zu. Erst vor kurzem hatten sie und die Krimifrauen mit seiner Hilfe ein diebisches Pärchen ausgeschaltet. Sophie hoffte, dass dieses Miteinander auch so bleiben würde, denn die Krimifrauen waren ihr schon oft eine große Unterstützung gewesen.

Als sie den Eingang von Oma Lauras Haus erreicht hatte, ging sie gleich zur Gartentür, denn bei dem Wetter war ihr Mann bestimmt mit den Babies im Freien.

Sie war noch nicht weit gekommen, als Leon wie am Spieß schrie.

Das machte er öfter, deshalb dachte sie sich noch nichts dabei.

Als sie aber um die Hausecke kam, stockte ihr der Atem. Felix lag regungslos am Boden, Leon zappelte auf der Hollywood-Schaukel hin und her, wobei er immer heftiger weinte und der Kinderwagen war verschwunden.

Wo war Laurie?

Zuerst stürzte Sophie zu Felix. Obwohl sie aus ihrer Zeit beim Polizeidienst schon schlimmere Verletzungen gesehen hatte, wurde ihr fast übel, als sie die Riesenbeule an seinem Hinterkopf und die flache Atmung bemerkte.

Während sie noch versuchte, ihn in eine stabile Seitenlage zu bringen, öffnete er schon die Augen und rappelte sich stöhnend auf.

Sophie half im auf den nächsten Stuhl und nahm dann Leon hoch, um ihn zu beruhigen.

„Was ist passiert Felix? Wo ist Laurie?"

Felix sah sich immer noch irritiert um. „Keine Ahnung! Plötzlich kamen zwei große Kerle dort hinten über den Zaun. Sie verlangten den Kinderwagen. Von mir aus hätten sie ihn haben können, aber Laurie lag doch noch drin. Also habe ich sie solange daran gehindert, bis sie mich niedergeschlagen haben."

Er strich über seinen Hinterkopf und stöhnte dabei so jämmerlich, dass ihm Sophie den kleinen Leon in den Arm drückte, um aus der Hausapotheke eine Kompresse und Schmerztabletten zu holen.

Erst als Felix verarztet und Leon gefüttert war, setzte bei Sophie die brutale Erkenntnis wieder ein: Ihre kleine Laurie war fort! Gestohlen oder entführt!

Jetzt liefen ihr die Tränen ungehindert über das Gesicht, sie konnte überhaupt nicht wieder aufhören. Es schmerzte so sehr, als habe ihr jemand das Herz herausgerissen.

Als Oma Laura zurück kam und die schlimme Nachricht erfuhr, wäre sie auch am liebsten in Tränen ausgebrochen, aber irgendwer musste sie Nerven behalten.

Denn jetzt fingen Sophie und Felix an, sich gegenseitig zu beschuldigen. Jeder glaubte die Arbeit des anderen habe den Anlass für die Entführung gesetzt.

Laura schlug entschlossen mit der flachen Hand auf den Gartentisch. „Schluss jetzt! Das bringt uns nicht weiter. Ihr streitet euch wie zwei ungezogene Kinder, hier geht es nicht um die Schaufel im Sandkasten, wir müssen Laurie retten! Dafür brauchen wir einen klaren Kopf.“

Beschämt ließen beide die Köpfe hängen. „Entschuldige bitte, Omi! Du hast ja so recht.“

Auch Felix nickte vorsichtig mit seinem lädierten Kopf.

Nachdem sich Sophie um eine neue Kompresse für Felix gekümmert und ihren Notizblock geholt hatte, sah sie konzentriert in die Runde. „Ich schließe aus, dass irgendjemand von den Hehlern, bei denen ich fündig geworden bin, an unserem Kinderwagen interessiert wäre." Sie schaute Felix fragend an und der setzte fort.

„Ich bin seit Februar in Elternzeit und war nur hier, habe also auch keinen verdächtigt oder eingelocht."

Auch Oma Laura machte sich Notizen. „Wie sahen denn die Männer aus? Der Wagen war zwar nicht billig, aber die haben ihn doch nicht genommen, um ihn weiter zu verkaufen?"

Felix hob vorsichtig seinen Kopf. „Wie Türsteher oder Bodygards, würde ich sagen. Aber vom Äußeren zu vermuten, wie kriminell sie sind, geht vermutlich zu weit. Wie einfache Diebe sahen sie nicht aus, auch nicht, wie verzweifelte Väter, die einen Kinderwagen brauchen. Vielleicht ist es auch eine Verwechslung?"

„Woher weiß überhaupt jemand von unserem Zwillingswagen?" Sophie beantwortete ihre Frage gleich selbst. „Entweder haben sie uns beobachtet…"

„Oder sie haben ihre Information aus dem Laden, wo wir den Wagen gekauft haben", wurde sie von Oma Laura unterbrochen.

„Wenn es nur um den Wagen geht, müssen die im Geschäft etwas wissen."

Sie schaute auf die Uhr und dann prüfend zu Felix. „Ich rufe jetzt Luisa an, dass sie rüber kommt, falls Felix übel werden sollte. Und wir beide", damit zog sie Sophie vom Stuhl hoch, „wir führen jetzt ein dringliches Gespräch mit der Verkäuferin."

Sie hatten das Haus noch nicht erreicht, als Sophies Handy klingelte. Sie schaute kurz darauf, sah eine unbekannte Nummer und stellte das Gespräch auf Lautsprecher. Es meldete sich eine Stimme, die offensichtlich verstellt war und in gebrochenem Deutsch forderte:

„Wir haben ihr Kind. Geben Sie zurück, was uns gehört, sonst Kind tot. Keine Polizei! Wir melden uns bald."

„Was soll das denn sein", stöhnte Sophie, aber der Anrufer hatte bereits aufgelegt.

Sie schaute hilfesuchend zu Oma Laura, aber die schüttelte auch nur ratlos den Kopf. Dann straffte sie sich und zog Sophie mit sich.

„Komm, wir brauchen unbedingt weitere Informationen. Und Felix, könntest du dich mit euren Leuten beraten, damit wir nichts falsch machen?"

Der winkte nur ab und scrollte schon durch seine Adressenliste.

Als Sophie und Oma Laura den Laden betraten, in dem sie vor fast einem Jahr den sündhaft teuren Zwillingswagen gekauft hatten, schien sich die Verkäuferin sofort an sie zu erinnern, tat aber anschließend so, als habe sie sie noch nie gesehen.

Auskünfte über ihre Kunden würden sie prinzipiell nicht geben, antwortete sie fast beleidigt auf Sophies Frage. Dabei blieb sie auch, so dass die beiden den Laden ergebnislos verließen.

Draußen atmete Sophie tief ein. „Puh, was für ein Gestank! Wie nach Pferd."

Laura sah sie interessiert an. „Dein Vater hatte auch so eine feine Nase. Er sagte immer, wenn irgendwas nicht stimmt, dann riecht es wie in einem Hengst-Depot.“

„Genau, so riecht es, wie Ammoniak. Und ich habe das schon einmal gerochen. Damals in Palma, als der Dieb dermaßen dreist gelogen hat.“

Laura schaute sie fragend an. „Also lügt die Verkäuferin auch?“

Sophie ging wütend zum Geschäft zurück. „Das werden wir gleich wissen.“

Schon der erschrockene Gesichtsausdruck der Verkäuferin, ließ auch Laura glauben, dass die Frau mehr wissen musste.

Sophie ging entschlossen auf sie zu. „Sie haben zwei Möglichkeiten. Entweder Sie sagen mir jetzt, wer sich nach meinem Kinderwagen erkundigt hat und wieso oder ich lasse Sie wegen Beihilfe in einem Entführungsfall festnehmen.“

„Um Himmelswillen“, die Verkäuferin wurde blass und rang die Hände. „Es war mir peinlich, dass ich Ihre Adresse herausgegeben hatte, aber es ging doch nur um eine Verwechslung. Die Frau war so verzweifelt, sie hat mir erzählt, sie habe den gleichen Wagen und habe in Gedanken ein noch ungeöffnetes Geschenk ihres Mannes in den falschen Kinderwagen gelegt. Sie hatte Angst, es ihrem Mann zu beichten, deshalb wollte sie mit Ihnen sprechen und es zurückholen.“

„Und wann soll diese Verwechslung stattgefunden haben?“

„Am Montag Nachmittag, aber die junge Frau kam deswegen erst heute morgen zu mir.“

Oma Laura kam die Geschichte schon sehr sonderbar vor, auch Sophie schien wenig überzeugt. „Wie sah denn die Frau aus? Hat sie ihre Adresse hier gelassen oder ist sie auch eine Kundin von Ihnen?"

„Nein, sie sah ihnen ein wenig ähnlich, hatte auch schwarze Haare. Sie hat sich Frau Kipling genannt, ist aber keine Kundin von uns. Es tut mir wirklich leid, aber ich wollte nur bei einer Verwechslung behilflich sein."

Sophie war klar, dass die Geschichte niemals stimmen konnte, aber die Verkäuferin log jetzt nicht mehr.

Nachdem Sophie und Oma Laura das Geschäft verlassen und sich wieder etwas beruhigt hatte, begannen sie ihre Termine zu prüfen. Laura war etwas schneller. „Am Montag war Felix beim Zahnarzt und ich bin mit den Zwillingen spazieren gewesen", erklärte Laura bestimmt. „Ich weiß genau, dass ich den Wagen nirgendwo alleine oder neben einem anderen Zwillingswagen abgestellt habe. Es kann keine Verwechslung passiert sein."

„Ich halte das auch für Quatsch, hier muss es um etwas anderes gehen", überlegte Sophie. „Wo genau warst du denn?"

Laura sah sich um. „Ich war hier ganz in der Nähe."

„Gehen wir den Weg doch einfach noch mal in Gedanken nach, wo warst du zuerst?"

Laura, die vor einem Grundstück mit einem stabilen Zaun stand, lehnte sich an und schloss konzentriert die Augen. „Zuerst war ich im Stadtpark am Ententeich, dort in der Nähe sitzt oft ein Akkordeon-Spieler, den mögen die Kleinen. Dann bin ich hier lang gekommen und dort an der Ecke abgebogen. Da ist der große Spielzeugladen, den schauen wir uns immer gerne an. Dann das bemalte Haus, die Drogerie, der Juwelier.. oh." Laura riss die Augen auf. „Glaubst du, dass jemand die Beute eines Überfalls in den Kinderwagen geworfen hat? Ich kann mich erinnern, dass mir ein junger Mann vor den Wagen gesprungen und weg gerannt ist, ich dachte, er sei nur schlecht erzogen."

„Aber wenn es einen Überfall gegeben hätte, dann hätten wir davon gehört", überlegte Sophie, „oder es gibt aus ermittlungstaktischen Gründen eine Sperre für die Öffentlichkeit. Aber wenn es so wäre, dann hätten wir doch ein Paket oder Bündel oder wie auch immer die Verpackung war, im Kinderwagen finden müssen."

„Stimmt auch wieder." Laura war fast ein wenig euphorisch geworden, sackte aber jetzt wieder schuldbewusst zusammen, bis sie eine neue Idee hatte.

„Es könnte auch sein, dass wir es herausgenommen haben, ohne den Inhalt zu kennen."

„Das ist es", Sophie schrie fast. „Es kann ja ganz unauffällig sein. Denn wenn es noch im Wagen gewesen wäre, dann hätten die nicht angerufen."

„Du hast recht, Sophie-Schatz. Lass uns ein bisschen forscher laufen. Dann werden wir als erstes das ganze Haus durchsuchen. Hoffentlich funktioniert dein Spürsinn trotz des Schocks."

Felix war inzwischen ebenfalls nicht untätig gewesen und hatte bereits erfahren, dass eine mögliche Fangschaltung bei Prepaid-Handys wenig bringen würde.

Die Nachverfolgung könnte eher bei der Übergabe, der geforderten Gegenstände möglich sein.

Als er dann seinen Freund beim Einbruchsdezernat privat kontaktierte, hatte er erfahren, dass eine Lieferung erstklassiger Diamanten bei einem Blitzüberfall geraubt worden war.

Er fuhr sich stöhnend durch die Haare, sein Schädel brummte immer noch fürchterlich und das Denken fiel ihm schwer.

Aber was sollte ein Diamantenraub mit der Entführung seiner kleinen Laurie zu tun haben?

Sophie und Oma Laura waren ihm bei dieser Frage auch keine große Hilfe, denn beide rauschten seit ihrer Rückkehr wie aufgeregte Hühner durch das Haus. Nach einer Stunde gaben sie erschöpft die Suche auf und kamen zu ihm in den Garten.

Es war noch angenehm warm und Luisa, die Nachbarin und Lauras Freundin, hatte einen großen Eintopf vorbereitet, der für alle reichen sollte. Obwohl keiner Appetit hatte, aßen sie zunächst schweigend, bis sich Luisa an den Anlass erinnerte. „Habt ihr denn gefunden, was ihr gesucht habt?"

Sophie schüttelte nur enttäuscht den Kopf. Wozu hatte sie diese besondere Gabe, wenn sie ausgerechnet dann versagte, wenn es am allerwichtigsten war?

Oma Laura antwortete stattdessen. „Wahrscheinlich ist es schwerer, etwas zu finden, wenn man gar nicht weiß, was es sein soll, außer dass es wertvoll ist. Wir gehen davon aus, dass jemand einen Juwelier überfallen hat und die Beute in unseren Kinderwagen gelangt ist."

Felix starrte sie an. Das war die Lösung! „Ja klar, am Montag war ein Überfall, sagt mein Kumpel und sie haben einen Beutel mit Diamanten mitgehen lassen. Darum muss es gehen."

„Hat er dir auch gesagt, um welchen Juwelier es sich handelt?" Sophie sah wieder einen Silberstreifen am Horizont und fixierte Felix aufgeregt.

Der hätte sich beinahe über die Haare gestrichen, erinnerte sich aber noch rechtzeitig an seine Beule. „Ich habe den Namen vergessen, es ist der in der Nähe vom Stadtpark."

Sophie und Oma Laura sahen sich zufrieden, aber auch mit wachsender Spannung an.

„Wir hatten also recht", erklärte Laura. „Jetzt müssen wir nur noch den verdammten Beutel finden."

Sophie erhob sich entschlossen. „Vielleicht geht es nach dem Essen besser, vorhin habe ich keinerlei Anzeichen gespürt, obwohl der Beutel im Haus sein muss."

Luisa sah sie mitleidig an. „Emilia würde jetzt sagen, es geht nicht, weil du nicht in deiner Mitte bist. Du bist durch die Angst und die

Spannung nicht ausgeglichen.“

Laura nickte interessiert. „Das sehe ich auch so, aber das können wir ändern.“ Sie ging ins Haus und kam mit einem großen Umschlagtuch zurück, dass sie Sophie umband, damit sie Leon an ihrer Brust tragen konnte. „So haben die Frauen früher auch die Kinder getragen und Leon wird dir helfen, damit wir unsere Laurie zurückbekommen.“

Alle nickten zustimmend, obwohl die Zweifel größer waren, als die Zuversicht.

Und die Erleichterung trat erst ein, als Sophie nach wenigen Minuten mit einer flachen Windeltasche zurückkam, an deren Unterseite ein unauffälliger Beutel klebte.

„Die habe ich bestimmt schon dreimal in der Hand gehabt, aber nie auf die Unterseite geschaut“, rief Oma Laura. „So ein Zufall! Die lag die ganze Zeit unten im Korb des Kinderwagens. Gestern habe ich sie herausgenommen, um sie sauber zu machen.“

Inzwischen hatte Felix die Verschnürung gelöst und schüttete die Diamanten auf den Tisch, die selbst im schwindenden Tageslicht noch glitzerten wie Schnee in der Wintersonne.“

„Mit den Steinen wären wir bereit für eine Übergabe, aber ich glaube nicht, dass die sich an die Regeln halten werden. Wir sollten uns vorbereiten. Was denkt ihr?“ Gespannt sah er die Frauen an.

„Ich sehe das genauso“, erklärte Sophie entschlossen. „Je mehr wir wissen, umso sicherer bekommen wir unsere Laurie zurück. Aber jetzt sollten wir uns ausruhen."

Oma Laura brachte Luisa noch zu ihrem Haus zurück und vereinbarte mit ihr einiges, an das Sophie im Moment nicht denken konnte.

Am nächsten Morgen meldeten sich Sporty und seine Schwester Fritzi mit ihrem Hund. „Oma Luisa hat Ben informiert und der hat alle kleinen Detektive in Schichten eingeteilt. Wir sind die ersten." Seine Schwester ergänzte mit einem gewissen Stolz. „Perla ist schlau, die findet bestimmt noch eine Spur. Außerdem können wir den kleinen Leon bewachen, wenn ihr arbeitet, ich kann jetzt auch schon Karate."

Sophie musste unwillkürlich lächeln. „Müsst ihr denn nicht zur Schule?" Die beiden sahen sich bei dieser Frage verständnisvoll an, so waren Erwachsene eben!

Dann grinste Sporty. „Heute ist doch Feiertag, da haben wir frei."

„Stimmt ja", Sophie griff sich an den Kopf. „Lasst Perla ruhig im Garten suchen. Wenn da etwas ist, dass weiterhilft, umso besser."

 Und alles was mich von meiner Angst ablenkt, ist besser als dieses grauenvolle Warten, dachte sie innerlich und sah zum tausendsten Mal auf die Uhr. Nach kurzer Zeit klingelte es wieder an der Eingangstür. Claire, von den Krimifrauen, die in der Nähe wohnte, brachte zwei Auflaufformen vorbei. „Ihr habt bestimmt keinen

Nerv zum Kochen und das müsst ihr nur in den Backofen schieben.“

Während Sophie noch die Auflaufformen verstaute, kamen die Kids von ihrer Suche aus dem Garten zurück. „Perla hat die Stelle gefunden, wo sie über den Zaun sind. Felix sagt, dass es stimmt. Vermutlich haben sie auf der anderen Seite gewartet, denn wir haben zwei Zigarettenkippen und ein Streichholzheftchen gefunden.“ Stolz legten beide ihre Errungenschaften auf den Tisch, natürlich vorschriftsmäßig eingetütet.

Sophie warf einen Blick auf das Streichholzheftchen. Mit Werbung auch noch, so etwas gab es doch nur noch in alten Krimis!

„Domino-Club“ las sie vor. „Nie gehört, wo ist der denn?“

„Das ist ja interessant“, rief Claire. „Meine Nichte arbeitet in der Drogerie am Stadtpark. Gestern hat sie mir erzählt, dass der Juwelier nebenan ganz plötzlich geschlossen habe. Sie ist überzeugt, dass der ausgeraubt wurde und dass die neue Putzfrau dahinter steckt. Deren Freund ist Türsteher in diesem Club. So ein Zufall! Aber was hat das alles mit der Entführung zu tun?“

„Eine ganze Menge“, rief Oma Laura und dirigierte Claire nach draußen, um sie einzuweihen. Danach diskutierten sie noch das weitere Vorgehen, bis sich Claire verabschiedete.

Laura holte frische Limonade aus dem Haus und sah nach Sporty und Fritzi. Die saßen neben dem Kinderwagen auf der Gartenbank und häkelten beide eifrig.

Überrascht wandte sie sich an großen Jungen mit dem kastanienbraunen Wuschelkopf. „Du häkelst?" Der grinste nur schelmisch.

„Na klar, Jungs können das auch, schon wegen der Gleichberechtigung. Aber ich mache nur die geraden Teile und Fritzi häkelt sie dann zusammen."

„Lissy verschönert sie noch und dann werden sie verkauft", setzte Fritzi fort.

„Ach so, ihr arbeitet wieder an eurer Million?"

„Nein, das machen wir fürs Klima."

Das überraschte Laura jetzt wirklich. Bisher fand sie es schon toll, dass diese Kinder mit 10 Jahren den *Club der kleinen Millionäre* gegründet hatten, um selbst dafür zu sorgen, reich zu werden. Inzwischen hatten sie mit 12 bereits stabilere Wertanlagen, als manche Erwachsene. Und jetzt dachten sie auch auf anderen Gebieten über den Tellerrand hinaus.

„Ich verstehe, Fridays for Future. Aber da machen doch die meisten Schulstreik."

„Wir nicht", belehrte sie Sporty. „Wir sind doch nicht blöd. Wenn wir die Taschen verkauft haben, bekommt Felix von Plant-for-the-Planet das Geld. Das ist eine Stiftung, in der Kinder Bäume auf der ganzen Welt pflanzen."

„Und das ist für das Klima viel besser, als eine Menge Kinder, die die Schule schwänzen und dumm bleiben." Fritzi hatte zwar ihre Meinung überzeugt kundgetan, blickte aber Oma Laura zweifelnd an. Vielleicht sahen Erwachsene das doch anders?

Aber die lächelte und stimmte ihr zu. „Du hast absolut recht. Man sagt zwar, neben Hochbegabten gab es auch schon immer Tiefbekloppte, aber die müssen ja nicht in der Mehrzahl sein."

Sporty grinste. „Den Spruch muss ich mir merken. Aber ich schätze, da kommt unsere Ablösung. Wir müssen nämlich zum Essen nach Hause, heute gibt es Männeressen. Unser Dad grillt, aber dann kommen wir wieder und fahren Streife, falls jemand das Haus beobachtet. Tschüs, kleiner Prinz."

Damit beugte er sich kurz zu dem kleinen Leon und informierte dann Lissy und Noddy, die schon an der Gartentür warteten.

Felix hatte inzwischen erneut mit seinem Freund telefoniert und kam mit einer neuen Hiobsbotschaft zu den anderen.

„Sie hatten die Putzhilfe und ihren Freund auch schon im Visier, aber die beiden haben sich noch absetzen können. Den zweiten Türsteher haben sie erwischt.

„Schade", stellte Oma Laura fest. „Deren Gesichter hätte ich gerne gesehen, wenn wir plötzlich alle vor der Tür gestanden hätten."

„Jetzt kommt es umso mehr auf die Übergabe an." Sophie lief unruhig durch das Zimmer. „Wenn doch der verdammte Anruf endlich käme!"

Als Leon plötzlich weinte, zuckte sie nervös zusammen und rannte sofort in den Garten. Aber Lissy hatte ihn schon beruhigt, denn inzwischen krabbelte er kreischend und lachend über die Decke, um den kleinen Hagrid zu fangen, was sich das Hündchen auch ruhig gefallen ließ.

Sophie atmete tief ein und aus und versuchte sich zu beruhigen. Alles in Ordnung! Sie musste einfach nur die Nerven behalten.

„Bist du hier alleine?" Lissy lächelte bei dieser Frage und schüttelte den Kopf. „Noddy ist kurz bei Luisa im Garten und bespricht etwas mit Lukas, wegen des Trackers für die Übergabe."

Sophie schaute misstrauisch zum anderen Haus. Lucky Luke war früher in der KTU gewesen, hatte Oma Laura etwa schon wieder heimlich die Fäden gezogen?

„Von welchen Trackern redest du?" Sophie setzte sich neben Lissy, die erst jetzt merkte, dass sie etwas ausgeplaudert hatte und nun sichtlich zögerte.

„Du kannst es mir ruhig sagen, ich muss schließlich wissen, was vor sich geht."

Als ihr Lissy alles berichtet hatte, musste Sophie unwillkürlich lächeln. Was hatte sie doch für ein Glück mit ihrer Familie und ihren Freunden! Egal was passierte, mit so einer Mannschaft, die wirklich an alles dachte, konnte man auch alles schaffen.

Sie umarmte Oma Laura, die gerade wieder Limonade für die Kinder brachte. „Danke Omi, dass du an alles gedacht hast."

Die lächelte nur. „Du meinst die kleine Spielerei von Lukas? Wie sollen wir denn sonst, der Frau oder dem Mann nach der Übergabe folgen, falls die uns reinlegen? Wir müssen auf alles vorbereitet sein.“

„Das sind wir ganz bestimmt.“ Noddy war mit Lukas, einem kräftigen Mann mit weißen Haaren, aus Luisas Garten gekommen.

„Wir haben eine Handy-App vorbereitet, mit der wir nachvollziehen können, wohin sie gehen oder fahren. Die aktiviere ich jetzt bei jedem von uns.“

Während sich Sophie noch mit Luke unterhielt, ging Noddy ruhig seiner Aufgabe nach und aktivierte ihr Telefon genauso, wie die von den Zwillingen Ben und Betty und von Sporty und Fritzi, die gerade zur ersten Fahrradstreife aufbrechen wollten.

Luisa brachte für alle frisch gebackene Plätzchen und noch mehr Limonade, aber das hob die trübe Stimmung auch nicht.

Alle warteten so angespannt auf den Anruf, dass einige zusammenzuckten, als sich Sophies Handy wirklich meldete.

„Übergabe heute im Stadtpark, Ententeich, in 30 Minuten. Und bringen Sie den Beutel.“

„Gut, ich werde da sein“, versicherte Sophie.

„Nein, nicht Sie. Großmutter soll kommen.“

Ehe jemand etwas sagen konnte, hatte der Anrufer bereits aufgelegt.

„Das geht doch nicht, Omi“, rief Sophie verzweifelt, als sich Laura fertigmachte.

„Warum denn nicht, Sophie-Schatz, die werden mich schon nicht erschießen." Sophie sah erschrocken zu Felix, der nur den Kopf schüttelte. „Wir gehen davon aus, dass sie nicht bewaffnet sind."

„Dann können wir doch auch in einem sicheren Abstand folgen, falls Oma Laura Hilfe braucht. Wir fallen doch nicht auf."

„Das ist eine sehr gute Idee!"

Sophie klopfte Sporty auf die Schulter und rannte ins Haus. Nach wenigen Minuten erschien sie in Caprijeans und einem knappen Shirt, genau wie die Mädchen. „Lissy, wenn du Leon bewachst, kann ich mir in der Zeit dein Fahrrad leihen? Einen Helm habe ich."

Lissy nickte nur, denn sie musste gerade ihren Hund aus Leons Umklammerung retten, der ihn schüttelte, wie ein Kuscheltier.

Nachdem Oma Laura die Diamanten in einer leichten Stofftasche verstaut hatte, die sie über der Schulter tragen und mit beiden Händen festhalten konnte, machte sie sich mit den guten Wünschen der anderen auf den Weg. Die winzigen Tracker, die in den Stoff eingenäht waren, gaben ihr ein gutes Gefühl. In der anderen Hand trug sie einen Taschenschirm, da sich das Wetter noch nicht entschieden hatte, ob es regnen wollte oder nicht.

Im Stadtpark waren nur wenige Menschen unterwegs, sicher wegen des Wetters. Nur am Ententeich campierte eine unentwegte Männertruppe mit einem Bollerwagen voller Bierkästen.

Laura ging vorsichtig vorbei, man konnte ja nie wissen. Als sie den

Ententeich vollends überblicken konnte, drehte sie sich mehrmals nach allen Seiten um. Niemand zu sehen!

Plötzlich hörte sie hinter sich eine heisere Stimme.

„Haben Sie die Diamanten?" Laura wandte sich langsam um. Aus einem Gebüsch kam eine Frau in Sophies Alter auf sie zu, nachlässig den Kinderwagen hinter sich her ziehend.

„Wie geht es der Kleinen? Ich will sie sehen."

„Sie können sicher sein, dass ich Ihr Gör nicht länger behalten will, als nötig", zischte die Frau. „Her mit dem Beutel!"

Sie rangen einen Moment um die Stofftasche und Laura spürte schon, wie ihre Kraft nachließ, als plötzlich das Baby zu weinen begann.

Laura ließ sofort los und stürzte zu dem Kinderwagen.

Als sie hineinsah, hätte sie am liebsten vor Wut geschrien.

Das war wirklich der älteste Trick der Welt, denn im Wagen lag nur eine Aufnahme mit Lauries Stimme.

 Sophie stürzte sich ebenfalls zuerst auf den Wagen, während die *Kleinen Detektive* vorsichtig der Kidnapperin folgten. Auch Sophie steckte die Enttäuschung schnell weg.

„Die kriegen wir trotzdem, Omi. Am besten folgst du uns langsam mit dem Wagen. Ich fahre mit den anderen. Felix weiß Bescheid, die Streife ist in Bereitschaft."

Die Kids folgten der Frau, die mit ihren Absatzschuhen nicht allzu schnell war, langsam und wechselten sich dabei ab.

Eigentlich hätten wir die Tracker gar nicht gebraucht, dachte Sophie. Als die Frau aber an einer Tankstelle verschwandt, merkte sie, dass ihre App stoppte. Sie ließ sich zu Oma Laura zurückfallen.

„Sie hat den Beutel entfernt, jetzt gehen die Tracker nicht mehr. Wenn sie jetzt durch einen Hinterausgang verschwindet, sind wir sie los."

„Bleib ruhig, der Tracker in ihrer Jackentasche geht noch."

Und auf den ungläubigen Blick von Sophie betonte sie nur.

„Was glaubst du denn, weshalb ich mit ihr gekämpft habe. Dachtest du ich wollte Wrestling-Meister werden?"

Die Kids hatten inzwischen auf den verbliebenen Tracker umgeschaltet und Sophie folgte ihnen einfach mit Abstand, aber immer noch erstaunt über die Cleverness ihrer Großmutter.

Es dauerte offensichtlich einige Zeit, bis die Frau merkte, dass sie verfolgt wurde. Gerade als sie auf einen Hauseingang zuging, sah sie aufmerksam zur Seite und ging dann so desinteressiert weiter, als hätte sie das Haus nie betreten wollen.

Ben gab den anderen das verabredete Handzeichen und auf dieses Signal hin, kreisten die Kids die Frau ein, ohne ihr zu nahe zu kommen. Als sie jedoch nach ihrem Handy griff, um Hilfe zu rufen oder jemanden zu warnen, sprang Perla fast aus ihrem Fahrradkörbchen. Sie bellte so laut, dass die Frau vor Schreck ihr Smartphone fallen ließ.

Sporty, der schnellste der *Kleinen Detektive* stellte es sicher und rief Sophie zu, die gerade in die Straße einbog. „Das graue Haus mit den gelben Fensterläden."

Hinter Sophie kamen bereits die Kollegen von Felix, um die Frau festzunehmen. Sophie war in dieser Zeit vom Rad gesprungen und zur Tür des grauen Hauses gestürzt, dann verharrte sie aber und lauschte. Alles, was sie hörte, war ein sonderbarer Singsang von Laurie, aber für sie das schönste Geräusch der Welt.

Sie öffnete vorsichtig die Tür, die erstaunlicherweise unverschlossen war und konnte kaum glauben, was sie sah.

Ihre Laurie saß in einem Bettchen und grinste glücklich ihrer Mutter entgegen, während ein bulliger Zwei-Meter-Mann, bewegungslos daneben auf dem Teppich lag.

Auch als ihm die Polizisten Handschellen anlegten, regte er sich kaum. Sophie schüttelte erstaunt den Kopf. Auch wenn die anderen an Drogen glaubten, sie wusste es besser. „Wie hast du das wieder angestellt, du kleiner Racker?", murmelte sie und drückte ihr Baby glücklich an sich.

Felix, der inzwischen den Raum durchsucht hatte, zeigte ihr wütend Unterlagen einer Adoptionsagentur. „Dieser Abschaum! Die hatten von Anfang an die Absicht, uns zu betrügen!"

Bis alle wieder im Garten von Oma Lauras Haus angelangt waren, dauerte es eine ganze Weile, aber Luisa, Claire und die anderen

Krimifrauen hatten dort inzwischen ganze Arbeit geleistet.

Am Grill standen Markus und Lukas mit großer Begeisterung und sorgten dafür, dass die Würstchen, die Buletten und das Schaschlik verführerisch dufteten.

Die Frauen hatten drei Gartentische zusammengestellt, die sich unter der Last der Köstlichkeiten, die sie in der Zwischenzeit vorbereitet hatten, fast bogen.

Und so endete ein Tag, der zu den schlimmsten im Leben von Sophie, Felix, Oma Laura und den anderen gehörte, mit einem wunderbaren Fest für Familie und Freunde, für alle, die mitgeholfen hatten, ein süßes, kleines Baby zu retten.

Für die Rettung der Diamanten gab es später nur ein Anerkennungsschreiben des Bürgermeisters, aber das war schließlich auch nicht so wichtig.

- Ende -

Von der Autorin sind im BoD-Verlag bereits erschienen:

- Der Club der kleinen Millionäre -1-
  Coole Kids und der clevere Umgang mit Geld

- Die dicke Friederike
  Von Pfunden, Freundschaft und Hunden

- Immer wieder aufstehen!
  Kurzgeschichten zum Mut machen

- Die Silver Girls
  65 – Na und!

- Das Monster im Schrank
  Wenn Kinder Angst haben

- Das gibt es doch nicht!
  Unmögliche und fantastische Geschichten 1

- Das ist wirklich das Allerletzte!
  Unmögliche und fantastische Geschichten 2

- Jetzt ist aber Schluss!
  Unmögliche und fantastische Geschichten 3

- Alles auf Anfang!
  Unmögliche und fantastische Geschichten 4

- Die Weiberwirtschaft
  Frauenpower im Mühlengrund

- Sophie und die Krimifrauen vom alten Bahnhof -1-
  Cosy-Crime-Geschichten